TRANZLATY

Sprache ist für alle da

La lingua è per tutti

Die Verwandlung
La Metamorfosi

Franz Kafka

Deutsch
Italiano

www.tranzlaty.com

Teil Eins
Parte prima

Gregor Samsa erwachte eines Morgens aus unruhigen Träumen.

Gregor Samsa si svegliò una mattina da sogni inquieti.

Er befand sich in seinem Bett, konnte sich aber nicht bewegen.

Si ritrovò nel suo letto, ma incapace di muoversi.

Er war in ein monströses Ungeziefer verwandelt worden.

Era stato trasformato in un mostruoso parassita.

Er lag auf dem Rücken, der sich hart wie eine Rüstung anfühlte.

Era sdraiato sulla schiena, dura come un'armatura.

Indem er den Kopf ein wenig hob, konnte er seinen Bauch sehen.

Sollevando un po' la testa poteva vedere la sua pancia.

Sein Bauch aber war gewölbt und in Segmente unterteilt.

Ma il suo ventre era bombato e diviso in segmenti.

Die Decke lag auf seinem runden Bauch.

La coperta era appoggiata sulla sua pancia rotonda.

Die Decke war jedoch kurz davor, ganz herunterzurutschen.

Ma la coperta stava per scivolare giù del tutto.

Seine Beine wirkten im Vergleich zu ihrer üblichen Größe jämmerlich.

Le sue gambe erano pietose rispetto alle loro dimensioni normali.

Und seine vielen Beine flackerten hilflos vor seinen Augen.

E le sue numerose gambe tremolavano impotenti davanti ai suoi occhi.

„Was ist nur mit mir geschehen?", dachte er bei sich.

"Cosa mi è successo?" pensò tra sé.

Aber es war kein Traum, aus dem er nicht erwachen konnte.

Ma non era un sogno dal quale non potesse svegliarsi.

Es war tatsächlich sein eigenes Zimmer, in dem er sich wiederfand.

Si ritrovò davvero nella sua stanza.

Ein richtiges Zimmer für Menschen, aber leider etwas zu klein.

Una vera stanza per gli umani, ma un po' troppo piccola.

Er lag still zwischen den vier bekannten Mauern.

Giaceva tranquillo tra le quattro mura a lui ben note.

Auf dem Tisch befand sich eine Sammlung von Textilmustern.

Sul tavolo c'era una raccolta di campioni tessili.

Samsa war Handelsreisender, daher die Muster.

Samsa era un commesso viaggiatore, da qui i campioni.

Über den auseinandergenommenen Textilproben hing ein Bild.

Sopra i campioni tessili smontati c'era una foto.

Er hatte das Bild erst vor Kurzem aus einer Zeitschrift ausgeschnitten.

Aveva ritagliato di recente la foto da una rivista.

Er hatte das Bild in einen hübschen, vergoldeten Rahmen gefasst.

Aveva inserito il quadro in una bella cornice dorata.

Das gerahmte Bild zeigte eine aufrecht sitzende Dame.

Il quadro incorniciato raffigurava una donna seduta in posizione eretta.

Sie trug eine Pelzmütze und hatte einen Pelzmuff.

Indossava un cappello di pelliccia e aveva anche un manicotto di pelliccia.

Sie hob ihre Hand in Richtung des Betrachters des Bildes.

Stava alzando la mano verso chi guardava la foto.

Ihr ganzer Unterarm verschwand in ihrem schweren Pelzmuff.

Tutto il suo avambraccio scomparve nel pesante manicotto di pelliccia.

Gregor blickte aus dem Fenster auf das trübe Wetter.

Gregor guardò fuori dalla finestra il tempo uggioso.

Man konnte hören, wie schwere Regentropfen gegen das Fenster prasselten.

Si sentivano forti gocce di pioggia che colpivano la finestra.

Das graue Wetter stimmte ihn sehr melancholisch.

Il tempo grigio lo rendeva molto malinconico.

„Wie wäre es, wenn ich noch ein bisschen länger schlafe?", dachte er.

"Che ne dici se dormo ancora un po'?" pensò.

"Mehr Schlaf könnte mir helfen, diesen Unsinn zu vergessen."

"Dormire di più potrebbe aiutarmi a dimenticare queste sciocchezze."

Länger zu schlafen war jedoch völlig unmöglich.

Ma dormire ancora era del tutto impraticabile.

Weil er es gewohnt war, auf seiner rechten Seite zu schlafen.

Perché era abituato a dormire sul fianco destro.

Sein aktueller Zustand schränkte jedoch seine üblichen Bewegungsfreiheiten ein.

Ma le sue condizioni attuali gli impedivano di compiere i suoi movimenti abituali.

Er hatte keine Möglichkeit, in diese Lage zu gelangen.

Non aveva modo di mettersi in questa posizione.

Er versuchte sein Bestes, sich auf die rechte Seite zu werfen.

Fece del suo meglio per gettarsi sul fianco destro.

Er hat diese Bewegung wahrscheinlich hundertmal versucht.

Probabilmente ha tentato questo movimento un centinaio di volte.

Aber er kippte immer wieder in die Rückenlage zurück.

Ma lui tornava sempre in posizione supina.

Er schloss die Augen, um seine unruhigen Beine nicht sehen zu müssen.

Chiuse gli occhi per non vedere le sue gambe che si muovevano irrequiete.

Am Ende hinderten ihn seine Schmerzen daran, es noch einmal zu versuchen.

Alla fine il dolore gli impedì di riprovarci.

Ein dumpfer Schmerz in der Seite, den er noch nie zuvor gespürt hatte.

Un dolore sordo al fianco che non aveva mai sentito prima.

„Oh Gott", dachte Gregor Samsa verzweifelt bei sich.

"Oh Dio", pensò disperatamente Gregor Samsa.

"Was für einen anstrengenden Beruf ich mir da doch
ausgesucht habe!"
"Che professione impegnativa ho scelto per me stesso!"
„Ich muss beruflich Tag für Tag reisen."
"Ogni giorno devo viaggiare per lavoro."
„Büroarbeit ist viel einfacher als die Arbeit unterwegs."
"Il lavoro d'ufficio è molto più facile che lavorare in viaggio."
„Und ich habe den Fluch, ständig reisen zu müssen."
"E ho la maledizione di dover viaggiare in lungo e in largo."
„Die ganze Sorge, die Züge nicht rechtzeitig zu verpassen."
"Tutte le preoccupazioni di arrivare in orario per i treni."
„Meine Mahlzeiten sind unregelmäßig und das Essen ist
schlecht."
"I miei orari dei pasti sono irregolari e il cibo è cattivo."
„Meine Freunde wechseln ständig, je nachdem, wo ich
hinziehe."
"I miei amici cambiano sempre da una città all'altra."
„Meine Interaktionen sind kühl und professionell."
"Le mie interazioni sono fredde e professionali."
„Sollen sich doch die Teufel mit solchen Arbeiten
vergnügen!"
"Che il diavolo si diverta con questo genere di lavoro!"
Er verspürte ein leichtes Jucken im oberen Bereich seines
Bauches.
Sentì un leggero prurito sulla parte superiore dello stomaco.
Er stemmte sich mit dem Rücken gegen den Bettpfosten.
Si spinse con la schiena contro il montante del letto.
Er wollte seinen Kopf besser heben können.
Voleva riuscire a sollevare meglio la testa.
Er fand die juckende Stelle, die ihn plagte.
Trovò il punto pruriginoso che lo dava fastidio.
Sein Kopf schien mit kleinen weißen Punkten bedeckt zu
sein.
La sua testa sembrava ricoperta di piccoli puntini bianchi.
Was diese kleinen weißen Punkte waren, konnte er nicht
sagen.
Non riusciva a capire cosa fossero quei piccoli puntini bianchi.

Er hatte geplant, die Stelle mit einem seiner Beine zu berühren.

Aveva pianificato di toccare il punto con una delle sue gambe.

Doch als er die Stelle berührte, verspürte er ein seltsames Frösteln.

Ma quando toccò quel punto sentì uno strano brivido.

Daraufhin zog er sein Bein sofort von der Stelle weg.

Allora lui ritirò immediatamente la gamba dal posto.

Ihm blieb nichts anderes übrig, als das Jucken zu ertragen.

Non aveva altra scelta che accettare la sensazione di prurito.

Und er kehrte in seine vorherige Position im Bett zurück.

E tornò alla sua precedente posizione nel letto.

„Wer so früh aufwacht, wird echt ziemlich dumm."

"Svegliarsi così presto rende davvero stupidi."

„Ein Mann braucht genug Schlaf", dachte er sich.

"Un uomo deve dormire a sufficienza", pensò tra sé.

„Die anderen Handelsreisenden leben in Luxus."

"Gli altri commessi viaggiatori vivono una vita nel lusso."

„Morgens übermittle ich die erhaltenen Bestellungen."

"La mattina trasferisco gli ordini che ho ricevuto."

„Währenddessen frühstücken die Herren noch."

"Nel frattempo quei signori stanno ancora facendo colazione."

„Stellen Sie sich nur vor, ich würde das bei meinem Chef versuchen."

"Immaginate se provassi a fare la stessa cosa con il mio capo."

„Er würde mich feuern, bevor ich mit dem Frühstück fertig bin."

"Mi licenziava prima ancora che finissi di fare colazione."

„Aber vielleicht wäre das auch nicht das Schlimmste."

"Ma forse non sarebbe nemmeno la cosa peggiore."

„Das Problem ist, dass meine Eltern mich zurückhalten."

"Il problema è che i miei genitori mi stanno frenando."

„Ohne sie hätte ich schon längst gekündigt."

"Se non fosse stato per loro mi sarei già dimesso."

„Ich hätte mich dem Chef entgegengestellt und es ihm gesagt."

"Avrei affrontato il capo e gliel'avrei detto."

„Ich würde genau sagen, was ich von ihm und der Stelle halte."

"Direi esattamente quello che penso di lui e del suo lavoro."

„Er würde vom Schreibtisch fallen, wenn ich ihm alles erzählen würde!"

"Se gli raccontassi tutto, cadrebbe dalla scrivania!"

„Es ist sehr seltsam, wie er an seinem Schreibtisch sitzt."

"È molto strano il modo in cui si siede sulla scrivania."

„Seine Art, mit seinen Untergebenen zu sprechen, ist nicht in Ordnung."

"Il modo in cui parla ai suoi subordinati non è corretto."

„Und das Schlimmste ist, dass sein Gehör so schlecht ist."

"E la cosa peggiore è che il suo udito è davvero scarso."

„Sie haben also keine andere Wahl, als ganz nah bei ihm zu sitzen."

"Quindi non hai altra scelta che sederti molto vicino a lui."

„Aber trotz allem ist die Hoffnung noch nicht völlig verloren."

"Ma detto questo, la speranza non è ancora del tutto perduta."

„Ich werde das Geld sparen, um die Schulden meiner Eltern zu begleichen."

"Risparmierò i soldi per saldare il debito dei miei genitori."

„Ich kann nichts tun, solange sie ihm noch Geld schulden."

"Non posso fare nulla finché gli devono ancora dei soldi."

„Aber wenn die Schulden beglichen sind, werde ich es auf jeden Fall tun."

"Ma quando il debito sarà pagato lo farò sicuramente."

„Es wird wahrscheinlich noch fünf bis sechs Jahre dauern."

"Probabilmente ci vorranno altri cinque o sei anni."

"Ja, dann wird die große Trennung definitiv erfolgen."

"Sì, allora la grande separazione avverrà sicuramente."

„Fürs Erste muss ich jedoch aufstehen."

"Per il momento, però, devo alzarmi dal letto."

„Weil mein Zug um fünf Uhr abfährt."

"Perché il mio treno parte alle cinque."

Gregor blickte auf den tickenden Wecker auf dem Tisch.

Gregor guardò la sveglia che ticchettava sul tavolo.

"Himmlischer Vater!", dachte er, als er die Uhrzeit sah.

"Padre Celeste!" pensò quando vide l'ora.

Halb sieben war schon still und leise vergangen.

Le sei e mezza erano già trascorse in silenzio.

Und die Zeiger der Uhr bewegten sich immer weiter vorwärts.

E le lancette dell'orologio continuavano ad andare avanti.

Es war nun fast Viertel vor sieben.

E ormai si avvicinavano le sette meno un quarto.

"Vielleicht hat der Wecker nicht geklingelt, um mich zu wecken?", dachte er.

"Forse la sveglia non era suonata per svegliarmi?" pensò.

Von seinem Bett aus inspizierte Gregor den Wecker.

Dal suo letto Gregor controllò la sveglia.

Der Wecker war korrekt auf vier Uhr eingestellt.

La sveglia era impostata correttamente sulle quattro.

Er konnte es sich nicht erklären, aber der Alarm musste losgegangen sein.

Non sapeva spiegarlo, ma l'allarme doveva essere suonato.

"Wie konnte ich den Wecker verschlafen, ohne es zu merken?"

"Come ho fatto a dormire nonostante la sveglia non me ne accorgessi?"

Wenn der Alarm losgeht, wackeln sogar die Möbel.

Quando suona, l'allarme fa tremare persino i mobili.

Er wusste, dass sein Schlaf alles andere als ruhig gewesen war.

Sapeva che il suo sonno non era stato affatto tranquillo.

Aber vielleicht war das der Grund, warum sein Schlaf so viel tiefer war.

Ma forse era per questo che il suo sonno era molto più profondo.

Er musste darüber nachdenken, was er nun tun sollte.

Doveva pensare a cosa fare adesso.

Der nächste Zug fuhr erst um sieben Uhr ab.

Il treno successivo non partiva prima delle sette.

Diesen Zug zu erreichen, wäre nahezu unmöglich.

Prendere quel treno sarebbe quasi impossibile.

Und die benötigten Textilien hatte er noch nicht eingepackt.

E non aveva ancora messo in valigia i tessuti di cui aveva bisogno.

Er fühlte sich auch nicht besonders frisch und agil.

Non si sentiva nemmeno particolarmente fresco e agile.

Vielleicht bestand die Möglichkeit, in den Zug einzusteigen.

Forse c'era la possibilità di salire sul treno.

Doch ein Tadel vom Chef war so oder so unvermeidlich.

Ma in ogni caso il rimprovero del capo era inevitabile.

Der Angestellte wäre in den Fünf-Uhr-Zug eingestiegen.

L'impiegato sarebbe salito sul treno delle cinque.

Der Büroangestellte war ein willensschwaches Werkzeug des Chefs.

L'impiegato era una creatura senza spina dorsale del capo.

Gregors Abwesenheit wäre also bereits gemeldet worden.

Quindi l'assenza di Gregor sarebbe già stata segnalata.

„Was wäre, wenn ich mich krankmelde?", überlegte Gregor.

"E se mi dicessi malato?" stava riflettendo Gregor.

Das wäre aber äußerst peinlich und verdächtig.

Ma ciò sarebbe estremamente imbarazzante e sospetto.

Gregor war in der gesamten Zeit, die er dort arbeitete, nie krank gewesen.

Gregor non si era mai ammalato durante il periodo in cui lavorava lì.

Und er hatte ihnen bereits fünf Jahre Dienst geleistet.

E aveva già prestato loro servizio per cinque anni.

Die Chancen standen gut, dass der Chef vorbeikommen würde, um nach ihm zu sehen.

Probabilmente il capo sarebbe venuto a controllare come stava.

Er würde wahrscheinlich den Arzt der Krankenversicherung mitbringen.

Probabilmente porterebbe con sé il medico dell'assicurazione sanitaria.

Und er würde die Eltern für ihren faulen Sohn verantwortlich machen.

E darebbe la colpa ai genitori per la pigrizia del figlio.
Sie könnten gegen ihn keine Einwände erheben.
Non avrebbero potuto sollevare alcuna obiezione nei suoi confronti.
Denn für ihn gab es nur zwei Arten von Arbeitern.
Perché per lui esistevano solo due tipi di lavoratori.
Entweder waren die Arbeiter kerngesund oder arbeitsscheu.
O i lavoratori erano perfettamente sani o erano scansafatiche.
Und läge er mit dieser grundlegenden Analyse überhaupt falsch?
E avrebbe forse torto in questa analisi di base?
In diesem Fall hatte er sicherlich ein starkes Argument.
Certamente, in questo caso, aveva un argomento valido.
Trotz seines Aussehens fühlte sich Gregor tatsächlich recht wohl.
Nonostante il suo aspetto, Gregor in realtà si sentiva piuttosto bene.
Der unnötig lange Schlaf hatte ihn etwas schläfrig gemacht.
Il sonno lungo e inutile lo rese un po' assonnato.
Abgesehen davon konnte er sich aber über keine Krankheit beklagen.
Ma a parte questo non poteva lamentarsi di essere malato.
Er verspürte sogar einen besonders starken und gesunden Hunger.
Sentì addirittura una fame particolarmente forte e sana.
Während er diesen Gedanken nachging, schlug die Uhr erneut.
Mentre rifletteva su questi pensieri, l'orologio suonò di nuovo.
Laut Alarm war es jetzt Viertel vor sieben.
Secondo l'allarme erano ormai le sette meno un quarto.
Und nun klopfte es auch leise an der Tür.
E ora si udì anche un leggero bussare alla porta.
„Gregor", rief ihm jemand zu – es war die Mutter.
«Gregor», lo chiamò qualcuno: era la madre.
„Es ist Viertel vor sieben", bestätigte sie den Alarm.
«Sono le sette meno un quarto», confermò l'allarme.
"Wolltest du nicht gehen?", fragte die sanfte Stimme.

"Non volevi andartene?" chiese la voce gentile.
Gregor erschrak, als er seine eigene Stimme antworten hörte.
Gregor si spaventò quando sentì la sua voce rispondere.
Es war immer noch dieselbe Stimme, die er schon immer hatte.
La voce era ancora la voce di sempre.
Doch nun mischte sich ein neuer Klang in seine Stimme.
Ma ora nella sua voce si udiva un nuovo suono.
Tief aus seinem Inneren entfuhr ihm auch ein schmerzhafter Schrei.
Dal profondo di lui provenne anche un cigolio doloroso.
Zunächst schien seine Stimme die Worte klar zu formen.
All'inizio la sua voce sembrò formare parole con chiarezza.
Doch dann hörte Gregor das Echo seiner Stimme in seinem Kopf.
Ma poi Gregor sentì l'eco mentale della sua voce.
Die Aufnahme seiner Stimme ist auf seltsame Weise zerbrochen.
La registrazione della sua voce si interruppe in modo strano.
Und er war sich nicht sicher, ob er richtig gehört hatte.
E non era sicuro di aver sentito bene.
Gregor verspürte den starken Wunsch, eine ausführliche Antwort zu geben.
Gregor sentì un profondo desiderio di dare una risposta dettagliata.
Er wollte seiner Mutter alles genau erklären.
Voleva spiegare tutto chiaramente a sua madre.
Doch angesichts der Umstände musste er sich einschränken.
Ma, date le circostanze, dovette limitarsi.
Und er antwortete viel kürzer, als er es gern getan hätte.
E lui rispose in modo molto più breve di quanto avrebbe voluto.
"Ja, Mutter, keine Sorge, danke, ich bin schon wach."
"Sì mamma, non preoccuparti, grazie, sono già sveglio."
Die Holztür trug vermutlich dazu bei, seine Stimme zu dämpfen.

Probabilmente la porta di legno contribuiva a soffocare la sua voce.

Draußen blieb die Veränderung in Gregors Stimme unbemerkt.

All'esterno il cambiamento nella voce di Gregor passò inosservato.

Die Mutter schien mit seiner Erklärung zufrieden zu sein.

La madre sembrò soddisfatta della sua spiegazione.

Und sie ging genauso leise wieder, wie sie gekommen war.

E se ne andò di nuovo silenziosamente come era venuta.

Doch das kurze Gespräch hatte eine unerwünschte Folge.

Ma quella breve conversazione ebbe un effetto indesiderato.

Er erregte die Aufmerksamkeit der anderen Familienmitglieder.

Catturò l'attenzione degli altri membri della famiglia.

Gregor war noch zu Hause und nicht zur Arbeit gegangen.

Gregor era ancora a casa e non era andato al lavoro.

Und nun klopfte auch der Vater an die Seitentür.

E ora anche il padre bussò alla porta laterale.

Er klopfte schwach, aber entschlossen mit der Faust.

Bussò debolmente, ma con determinazione, con il pugno.

„Gregor, Gregor", rief er, „was ist das Problem?"

"Gregor, Gregor," chiamò, "qual è il problema?"

Nach einer Weile warnte er erneut, diesmal mit tieferer Stimme.

Dopo un po' lo avvertì di nuovo con voce più profonda.

Doch nun klopfte die Schwester an die andere Tür.

Ma all'altra porta bussò la sorella.

"Gregor? Geht es dir nicht gut?", fragte sie leise.

«Gregor? Non stai bene?» chiese a bassa voce.

„Brauchen Sie irgendetwas?", fragte sie besorgt.

"Hai bisogno di qualcosa?" chiese preoccupata.

Gregor antwortete beiden Seiten: „Ich bin schon fertig."

Gregor rispose a entrambe le parti: "Ho già finito."

Er hatte sich größte Mühe gegeben, alle Wörter sorgfältig auszusprechen.

Aveva fatto del suo meglio per pronunciare attentamente tutte le parole.

Und er entfernte alles Auffällige aus seiner Stimme.

E cancellò tutto ciò che era evidente nella sua voce.

Auch der Vater schien mit der Antwort zufrieden zu sein.

Anche il padre sembrava soddisfatto della risposta.

Und er kehrte zu seinem unvollendeten Frühstück zurück.

E tornò alla sua colazione incompiuta.

Doch die Schwester flüsterte: „Gregor, mach auf, ich flehe dich an."

Ma la sorella sussurrò: «Gregor, apriti, ti prego».

Doch ihre Sorge um ihn konnte ihn in keiner Weise bewegen.

Ma la sua preoccupazione per lui non riusciva a commuoverlo in alcun modo.

Gregor hatte nicht die Absicht, ihr die Tür zu öffnen.

Gregor non aveva alcuna intenzione di aprirle la porta.

Durch seine Reisen hatte er sich einige vorsichtige Gewohnheiten angeeignet.

Viaggiando aveva acquisito alcune abitudini prudenti.

Und er lobte sich selbst dafür, die Türen abgeschlossen zu haben.

E si lodò per aver chiuso le porte.

Zunächst wollte er in Ruhe und in seinem eigenen Tempo aufstehen.

Per prima cosa voleva alzarsi in silenzio, con calma.

Und er wollte sich ungestört anziehen.

E, senza essere disturbato, volle vestirsi.

Nachdem er das geschafft hatte, wollte er frühstücken.

Fatto questo, volle fare colazione.

Erst dann wollte er die Situation weiter überdenken.

Solo allora volle valutare ulteriormente la situazione.

Er wusste, dass es sinnlos war, im Bett Pläne zu schmieden.

Sapeva che non serviva a niente fare progetti a letto.

Zu einem vernünftigen Schluss zu gelangen, wäre unmöglich.

Giungere a una conclusione sensata sarebbe impossibile.

Es gab schon andere Male, da war er mit leichten Schmerzen aufgewacht.
Altre volte si era svegliato con lievi dolori.
Diese Schmerzen erwiesen sich stets als reine Einbildung.
Questi dolori si rivelavano sempre pura immaginazione.
Beim Aufstehen verschwanden die Schmerzen ausnahmslos.
Quando mi alzavo dal letto il dolore invariabilmente svaniva.
Er war neugierig, was mit diesen Ideen geschehen würde.
Era curioso di vedere cosa sarebbe successo a queste idee.
Die Veränderung seiner Stimme war wahrscheinlich nur auf eine Erkältung zurückzuführen.
Il cambiamento nella sua voce era probabilmente dovuto a un raffreddore.
Erkältungen sind für Reisende einfach ein Berufsrisiko.
Per i viaggiatori il raffreddore è solo un rischio professionale.
Er hatte keinen Zweifel daran, dass dies die logische Erklärung war.
Non aveva dubbi che quella fosse la spiegazione logica.
Es gelang ihm mühelos, die Decke von sich zu streifen.
Togliersi la coperta di dosso fu un'impresa facile.
Er musste nur einatmen und sich aufblasen.
Tutto quello che doveva fare era inspirare e gonfiarsi.
Die Decke rutschte von seinem Körper und landete auf dem Boden.
La coperta gli scivolò via dal corpo e cadde sul pavimento.
Sein unglaublich breiter Körperbau erschwerte auch andere Dinge.
Il suo corpo incredibilmente largo rendeva difficili altre cose.
Er hätte Arme und Hände gebraucht, um aufzustehen.
Per stare in piedi avrebbe avuto bisogno di braccia e mani.
Aber er hatte nicht mehr die Gliedmaßen, die er früher gehabt hatte.
Ma non aveva più gli arti di una volta.
Anstelle von Armen und Händen hatte er viele kleine Beine.
Invece di braccia e mani aveva tante piccole gambe.
Und seine Beine bewegten sich ständig, ohne dass er es kontrollieren konnte.

E le sue gambe si muovevano costantemente, senza il suo controllo.

Er versuchte, ein Bein zu beugen, aber stattdessen streckte es sich.

Cercò di piegare una gamba, ma questa si allungò.

Schließlich gelang es ihm, ein Bein unter seine Kontrolle zu bringen.

Alla fine riuscì a riprendere il controllo di una gamba.

Doch dann wurde die Bewegung der anderen Beine freigegeben.

Ma poi il movimento delle altre gambe venne liberato.

Und seine Beine zuckten vor lauter Aufregung.

E tutte le sue gambe si contrassero per l'eccitazione estrema.

Zuerst wollte er seinen Unterkörper aus dem Bett bekommen.

Per prima cosa voleva tirare fuori la parte inferiore del corpo dal letto.

Seinen Unterkörper hatte er aber noch nicht gesehen.

Ma in realtà non aveva ancora visto la parte inferiore del suo corpo.

Und es erwies sich ohnehin als zu schwierig, diesen Teil zu versetzen.

E comunque spostare questa parte si è rivelato troppo difficile.

Schließlich wagte er mit all seiner Kraft einen waghalsigen Schritt.

Alla fine, con tutte le sue forze, fece una mossa azzardata.

Ohne weiter zu zögern, trat er vorwärts.

Senza ulteriori esitazioni si mosse in avanti.

Doch er hatte die falsche Richtung eingeschlagen.

Ma aveva scelto la direzione sbagliata.

Er schlug mit voller Wucht mit dem Körper gegen den unteren Bettpfosten.

Sbatté violentemente il corpo contro il montante inferiore del letto.

Der brennende Schmerz, den er empfand, lehrte ihn eine wertvolle Lektion.

Il dolore bruciante che provò gli insegnò una lezione preziosa.

Sein Unterkörper war vielleicht empfindlicher.

La parte inferiore del suo corpo era forse più sensibile.

Also versuchte er zuerst, seinen Oberkörper aus dem Bett zu bekommen.

Così cercò di alzare prima la parte superiore del corpo dal letto.

Er drehte seinen Kopf vorsichtig in die richtige Richtung.

Girò attentamente la testa nella direzione corretta.

Und schon bald lag sein Kopf am Bettrand.

E presto la sua testa si ritrovò rivolta verso il bordo del letto.

Diese vorsichtige Vorgehensweise fiel ihm tatsächlich leicht.

In realtà, per lui questo movimento cauto fu facile.

Und weder seine Breite noch sein Gewicht hinderten ihn an seinen Bewegungen.

E la sua ampiezza e il suo peso non ne impedivano il movimento.

Die Masse seines Körpers folgte langsam der Drehung des Kopfes.

La massa del suo corpo seguiva lentamente la rotazione della testa.

Doch dann streckte er den Kopf über die Bettkante.

Ma poi tenne la testa fuori dal bordo del letto.

Und er sah sich einer neuen Angst gegenüber, über die er noch nicht nachgedacht hatte.

E si trovò ad affrontare una nuova paura a cui non aveva ancora pensato.

Ein weiteres Vorgehen in dieser Richtung könnte gefährlich sein.

Procedere ulteriormente in questo modo potrebbe rivelarsi pericoloso.

Er hatte gedacht, er würde sich einfach fallen lassen.

Aveva pensato che si sarebbe lasciato semplicemente cadere.

Es wäre aber ein Wunder, wenn er sich dabei nicht am Kopf verletzen würde.

Ma sarebbe un miracolo se non si fosse ferito alla testa.

Jetzt war nicht der richtige Zeitpunkt, um ein Bewusstseinsverlustrisiko einzugehen.

Non era il momento di rischiare di perdere i sensi.

Vielleicht wäre es doch besser, im Bett zu bleiben.

Forse sarebbe meglio restare a letto, dopotutto.

Doch dann musste er denselben Aufwand betreiben, um zurückzukehren.

Ma poi dovette fare lo stesso sforzo per tornare indietro.

Nach all der Mühe lag er da, genau wie zuvor.

Dopo tutto quello sforzo era disteso lì, esattamente come prima.

Und nun schienen seine Beine noch wütender zu sein als zuvor.

E ora le sue gambe sembravano ancora più arrabbiate di prima.

Die Bewegungen seiner Beine waren noch unkontrollierbarer geworden.

I movimenti delle sue gambe erano diventati ancora più incontrollabili.

Er sah keinen Ausweg aus seiner Situation.

Non vedeva alcun modo per uscire dalla situazione in cui si trovava.

Aus diesem Chaos konnte kein Frieden und keine Ordnung hergestellt werden.

Da questo caos non si poteva trarre pace e ordine.

Aber er wusste, dass auch im Bett zu bleiben keine Option war.

Ma sapeva che nemmeno restare a letto era un'opzione.

Alles zu opfern war die vernünftigste Option.

Sacrificare tutto era la scelta più sensata.

Er klammerte sich an den kleinsten Hoffnungsschimmer, jemals wieder aufstehen zu können.

Si aggrappava alla minima speranza di riuscire ad alzarsi dal letto.

Wenn ihm das gelingt, hat sich das ganze Risiko gelohnt.

Se ci fosse riuscito, ogni rischio sarebbe valso la pena.

Doch gleichzeitig erinnerte er sich auch an etwas anderes.

Ma nello stesso momento si ricordò anche di qualcos'altro.
„Besser als verzweifelte Entscheidungen sind ruhige Überlegungen."
"Meglio delle decisioni disperate sono le riflessioni calme."
Mit aller Kraft konzentrierte er seinen Blick auf das Fenster.
Con tutti i suoi sforzi concentrò lo sguardo sulla finestra.
Doch was er sah, stimmte ihn wenig zuversichtlich und erfreute ihn nicht.
Ma ciò che vide gli suscitò poca fiducia e allegria.
Der Morgennebel hüllte die gesamte enge Straße ein.
La nebbia mattutina copriva tutta la stretta strada.
Der Wecker klingelte erneut; es war nun sieben Uhr.
La sveglia suonò di nuovo: erano le sette.
„Es ist bereits sieben Uhr und es ist immer noch so neblig."
"Sono già le sette e c'è ancora tanta nebbia."
Eine Zeitlang lag er still da und atmete nur schwach.
Per un po' rimase immobile, respirando solo debolmente.
Vielleicht würde etwas Ruhe eine gewisse Normalität herbeiführen.
Forse un po' di calma potrebbe portare un po' di normalità.
Völliges Schweigen könnte die wahren Zustände herbeiführen.
Il silenzio assoluto potrebbe determinare le condizioni reali.
Doch bevor die Uhr erneut schlug, durchbrach er das Schweigen.
Ma prima che l'orologio battesse di nuovo, ruppe il silenzio.
Bevor die Uhr wieder schlägt, muss ich aus dem Bett sein.
"Prima che scocchi di nuovo, devo alzarmi dal letto."
„Ich muss bis dahin unbedingt komplett aus dem Bett sein."
"A quell'ora dovrò assolutamente essere completamente fuori dal letto."
„Nach Viertel nach sieben schickt das Büro jemanden."
"Dopo le sette e un quarto l'ufficio manderà qualcuno."
„Weil das Büro vor sieben Uhr öffnete."
"Perché l'ufficio ha aperto prima delle sette."
Und nun begann er, seinen Körper aus dem Bett zu schaukeln.

E cominciò a dondolarsi fuori dal letto.

Er hatte aufgehört, sich auf seinen Ober- oder Unterkörper zu konzentrieren.

Aveva smesso di concentrarsi sulla parte superiore o inferiore del corpo.

Sein ganzer Körper musste aus dem Bett herausragen.

Tutto il suo corpo dovette uscire dal letto.

Bei einem Sturz in diese Richtung sollte sein Kopf geschützt sein, dachte er.

Pensò che cadere in quel modo avrebbe dovuto proteggere la sua testa.

Er hatte geplant, den Kopf zu heben, sobald er auf dem Boden aufschlug.

Aveva programmato di sollevare la testa quando fosse caduto a terra.

Sein Rücken schien hart genug für den Aufprall zu sein.

La parte posteriore del suo corpo sembrava abbastanza dura da sopportare l'impatto.

Und der Teppich diente dazu, die Landung abzufedern.

E il tappeto serviva ad ammorbidire l'atterraggio.

Seine größte Sorge galt jedoch dem Lärm.

La sua preoccupazione maggiore, tuttavia, era il forte rumore.

Das krachende Geräusch würde alle im Haus erschrecken.

Il rumore di un tonfo spaventerebbe tutti in casa.

Vielleicht hätten sie keine Angst vor dem lauten Lärm.

Forse non sarebbero terrorizzati dal rumore forte.

Aber sie wären mit Sicherheit besorgt, wenn sie davon hörten.

Ma se lo avessero saputo, si sarebbero sicuramente preoccupati.

Man musste aber das Risiko eingehen, Aufmerksamkeit zu erregen.

Ma bisognava correre il rischio di attirare l'attenzione.

Die neue Methode war eher ein Spiel als eine Anstrengung.

Il nuovo metodo era più un gioco che uno sforzo.

Er musste seinen Körper in plötzlichen und ruckartigen Bewegungen hin und her wiegen.

Doveva dondolare il corpo con movimenti bruschi e bruschi.

Gregor war schon halb aus dem Bett aufgestanden.

Gregor si era già alzato a metà dal letto.

Nun kam ihm gerade ein neuer Gedanke.

Ora gli era appena venuto in mente un nuovo pensiero.

„Es wäre alles so einfach, wenn mir jemand zu Hilfe käme."

"Sarebbe tutto così facile se qualcuno venisse in mio aiuto."

„Zwei kräftige Personen würden völlig ausreichen."

"Due persone forti sarebbero più che sufficienti."

Sein Vater und das Dienstmädchen wären stark genug.

Suo padre e la cameriera sarebbero stati abbastanza forti.

Sie müssten nur ihre Arme unter seinen Rücken schieben.

Basterebbe fargli scivolare le braccia sotto la schiena.

Und dann könnten sie ihn ganz leicht aus dem Bett ziehen.

E poi potrebbero facilmente tirarlo fuori dal letto.

Vielleicht hätten sie sein Gewicht langsam reduzieren müssen.

Forse avrebbero dovuto ridurre gradualmente il suo peso.

Hoffentlich hätten die Beine dann ihren Zweck gefunden.

Speriamo che allora le gambe abbiano trovato il loro scopo.

Wäre es nicht letztendlich besser, um Hilfe zu rufen?

"Non sarebbe meglio chiamare aiuto?"

Das Problem war natürlich, dass er die Türen abgeschlossen hatte.

Il problema era ovviamente che aveva chiuso le porte.

Irgendwie hatte der Gedanke etwas, das ihn amüsierte.

C'era qualcosa in quel pensiero che lo solleticava.

Und trotz seiner Notlage konnte er sich ein Lächeln nicht verkneifen.

E nonostante le difficoltà, non riuscì a trattenere un sorriso.

Er war schon kurz davor, das Gleichgewicht zu verlieren.

Ormai stava quasi per perdere l'equilibrio.

Mit jedem Schwung kam er dem Umkippen vom Bett näher.

Ogni oscillazione lo portava sempre più vicino a cadere dal letto.

Bald musste er die endgültige Entscheidung treffen.

Presto avrebbe dovuto prendere la decisione finale.

In fünf Minuten würde es Viertel nach sieben sein.

Tra cinque minuti sarebbero state le sette e un quarto.

Während er diesen Gedanken nachging, klingelte es an der Tür.

Mentre rifletteva su questi pensieri, suonò il campanello.

„Das ist jemand aus dem Büro", sagte er zu sich selbst.

"È qualcuno dell'ufficio", disse tra sé e sé.

Und er erstarrte fast vor Angst angesichts des Besuchers.

E quasi si bloccò per la paura a causa del visitatore.

Seine Beine tanzten noch wilder als zuvor.

Le sue gambe danzavano ancora più selvaggiamente di prima.

Doch dann herrschte einen Moment lang Stille.

Ma poi, per un attimo, tutto rimase silenzioso.

„Sie werden die Tür nicht öffnen", sagte Gregor zu sich selbst.

"Non apriranno la porta", disse tra sé Gregor.

Er war noch immer einer sinnlosen Hoffnung verfallen.

Era ancora intrappolato in una speranza insensata.

Doch dann ging das Dienstmädchen natürlich zur Tür.

Ma poi, naturalmente, la cameriera si diresse verso la porta.

Und wie immer öffnete sie dem Besucher die Tür.

E, come sempre, aprì la porta al visitatore.

Gregor brauchte nur die erste Begrüßung des Besuchers zu hören.

A Gregor bastò sentire il primo saluto del visitatore.

Er konnte sofort erkennen, wer ihn gesucht hatte.

Capì subito chi era venuto a prenderlo.

Der Hauptschreiber selbst war gekommen, um nach Samsa zu sehen.

Il capo ufficio in persona era venuto a controllare Samsa.

Warum war Gregor der Einzige, der zu diesem Schicksal verurteilt wurde?

Perché Gregor fu l'unico condannato a questo destino?

Warum musste ausgerechnet er in einer solchen Organisation dienen?

Perché solo lui doveva prestare servizio in un'organizzazione del genere?

Das geringste Versehen weckte sofort Misstrauen.
La minima svista suscitava subito sospetti.
Waren alle Angestellten, die dort arbeiteten, Schurken?
Tutti i dipendenti che lavoravano lì erano dei mascalzoni?
Gab es denn keinen treuen und ergebenen Menschen unter ihnen?
Non c'era tra loro nessuna persona fedele e devota?
Hätten sie nicht einfach einen Lehrling schicken können?
Non potevano semplicemente mandare un apprendista?
War diese ganze Infragestellung überhaupt notwendig?
Erano davvero necessari tutti questi interrogativi?
Musste der Bevollmächtigte persönlich erscheinen?
Il rappresentante autorizzato doveva venire personalmente?
Musste wirklich die gesamte unschuldige Familie informiert werden?
Era necessario che tutta la famiglia innocente ne fosse informata?
All diese Überlegungen veranlassten Gregor zum Handeln.
Tutte queste considerazioni spinsero Gregor ad agire.
Er schwang sich mit aller Kraft aus dem Bett.
Si alzò dal letto con tutte le sue forze.
Es gab einen lauten Knall, aber es war eigentlich kein richtiges Geräusch.
Ci fu un forte botto, ma non era un vero rumore.
Der Fall wurde durch den Teppich etwas abgemildert.
La caduta era stata leggermente attutita dal tappeto.
Sein Rücken war elastischer, als Gregor angenommen hatte.
La sua schiena era più elastica di quanto Gregor avesse pensato.
Der Klang war also dumpfer und nicht so auffällig.
Quindi il suono era più sordo e non così evidente.
Doch er hatte seinen Kopf während des Sturzes nicht geschützt.
Ma non si era preso cura della sua testa durante la caduta.
Und als er auf den Boden aufschlug, schlug er auch mit dem Kopf auf.
E quando toccò terra sbatté anche la testa.

Er rieb sich vor Wut und Schmerz den Kopf am Teppich.
Si strofinò la testa sul tappeto, pieno di rabbia e dolore.
Der Manager im Nachbarzimmer hörte jedoch den Lärm.
Ma il direttore nella stanza accanto sentì il rumore.
„Da ist etwas hineingefallen", stellte er richtig fest.
"Qualcosa è caduto lì dentro", osservò correttamente.
Gregor versuchte, sich den Manager in seine Lage zu versetzen.
Gregor cercò di immaginare il direttore nella sua situazione.
„Könnte ihm dasselbe passieren?", fragte er sich.
"Potrebbe succedere anche a lui?" si chiese.
Er akzeptierte, dass dieses seltsame Ereignis möglich sein könnte.
Accettò che questo strano evento potesse essere possibile.
Und dann ging der Hauptsekretär ein paar Schritte in den Raum.
Poi il capo impiegato fece qualche passo verso la stanza.
Es war fast schon eine plumpe Antwort auf seine Frage.
Era quasi una risposta rozza alla domanda che aveva posto.
Seine Lederstiefel knarrten, als er sich der Tür näherte.
I suoi stivali di pelle scricchiolarono mentre si avvicinava alla porta.
Aus dem Zimmer zu seiner Rechten flüsterte ihm seine Magd zu.
Dalla stanza alla sua destra la cameriera gli sussurrò qualcosa.
„Gregor, der Bevollmächtigte, ist hier."
"Gregor, il rappresentante autorizzato è qui."
„Ich weiß", sagte Gregor, aber nur leise zu sich selbst.
"Lo so", disse Gregor, ma solo a bassa voce, tra sé e sé.
Er wagte es nicht, seine Stimme lauter als ein Flüstern zu erheben.
Non osava alzare la voce più di un sussurro.
Weil Gregor nicht wollte, dass seine Schwester ihn hörte.
Perché Gregor non voleva che sua sorella lo sentisse.
„Gregor", sagte der Vater aus dem Zimmer links.
«Gregor», disse il padre dalla stanza a sinistra.

Der Manager ist gekommen, um nach dem Rechten zu
sehen.
"Il direttore è venuto a controllare qual è il problema."
„Er fragte, warum du nicht den frühen Zug genommen
hast."
"Ti ha chiesto perché non sei partito con il primo treno."
„Wir wissen nicht, was wir ihm sagen sollen", sagte der
Vater.
"Non sappiamo cosa dirgli", ha detto il padre.
„Übrigens möchte er auch persönlich mit Ihnen sprechen."
"A proposito, vuole anche parlarti personalmente."
„Bitte öffnen Sie die Tür, damit er mit Ihnen sprechen
kann."
"Per favore, apri la porta, così può parlare con te."
„Er wird so freundlich sein, das Chaos im Zimmer zu
entschuldigen."
"Sarà così gentile da scusare il disordine nella stanza."
"Guten Morgen, Herr Samsa", rief ihm der Manager zu.
«Buongiorno, signor Samsa», lo chiamò il direttore.
Und er sprach ganz gewiss in freundlicher Weise mit ihm.
E certamente gli parlò in modo amichevole.
„Es geht ihm nicht gut", sagte die Mutter zum Manager.
"Non sta bene", disse la madre al direttore.
„Es geht ihm überhaupt nicht gut, glauben Sie mir, lieber
Manager."
"Non sta affatto bene, mi creda, caro direttore."
"Warum sonst sollte Gregor den Morgenzug verpassen?"
"Altrimenti perché Gregor avrebbe perso il treno del mattino?"
„Der Junge hat nichts anderes im Kopf als das Geschäft."
"Il ragazzo non ha altro a cui pensare se non agli affari."
„Es ärgert mich fast, dass er nichts anderes tut."
"Mi dà quasi fastidio che non faccia altro."
„Ich wünschte, er würde abends an die frische Luft gehen."
"Vorrei che uscisse la sera per prendere una boccata d'aria
fresca."
„Er war acht Tage geschäftlich in der Stadt."
"È rimasto in città per otto giorni per lavoro."

„Aber er war ja jeden dieser Abende zu Hause."
"Ma poi lui era a casa ogni sera"
„Er sitzt an unserem Tisch und liest die Zeitung."
"Si siede al nostro tavolo e legge il giornale."
„Manchmal studiert er auch die Fahrpläne der Züge."
"Altre volte studia gli orari dei treni."
„Manchmal beschäftigt er sich mit Tischlerarbeiten."
"A volte si tiene impegnato con la falegnameria."
„Zum Beispiel schnitzte er einen kleinen Bilderrahmen aus
Holz."
"Ad esempio, ha intagliato una piccola cornice di legno."
„An zwei oder drei Abenden war er mit der Säge
beschäftigt."
"Per due o tre sere rimase impegnato con la sega."
„Sie werden staunen, wie hübsch der Bilderrahmen ist."
"Resterete stupiti dalla bellezza della cornice."
„Er hat den Bilderrahmen in seinem Zimmer aufgehängt."
"Ha appeso la cornice nella sua stanza."
„Wenn er die Tür öffnet, werden Sie seine Holzarbeiten
sehen."
"Quando aprirà la porta vedrai i suoi lavori in legno."
„Übrigens freut es mich, dass Sie hier sind, Herr Prokurist."
"A proposito, sono contento che lei sia qui, signor Prokurist."
„Wir allein hätten Gregor nicht dazu bringen können, die
Tür zu öffnen."
"Non avremmo potuto convincere Gregor ad aprire la porta da
soli."
„Er ist so stur", gestand seine Mutter dem Angestellten.
"È così testardo", confessò sua madre all'impiegato.
„Er ist ganz sicher krank, obwohl er das vorher bestritten
hat."
"Sicuramente non sta bene, anche se prima lo aveva negato."
„Ich komme gleich", sagte Gregor langsam und bedächtig.
«Arrivo subito», disse Gregor lentamente e con cautela.
Doch er machte keine Anstalten, sich der Tür des Zimmers
zuzuwenden.
Ma non fece alcun movimento verso la porta della stanza.

Er wollte kein Wort des Gesprächs verpassen.
Non voleva perdere una parola della conversazione.
Der Hauptsekretär stimmte der Einschätzung der Mutter zu.
Il capo impiegato concordò con la valutazione della madre.
"Ich kann es Ihnen auch nicht anders erklären, Madam."
"Non posso spiegarlo in nessun altro modo, signora."
**„Hoffen wir alle, dass er keine schwere Krankheit hat",
sagte er.**
"Speriamo tutti che non abbia malattie gravi", ha detto.
„Andererseits stellt es eine Gefahr in unserer Branche dar."
"D'altro canto, nel nostro settore rappresenta un rischio."
**„Wir Geschäftsleute müssen oft Unannehmlichkeiten
überwinden."**
"Noi imprenditori dobbiamo spesso superare il disagio."
„Profis müssen leichte Schmerzen einfach aushalten."
"I professionisti devono solo superare i piccoli dolori."
Währenddessen klopfte sein Vater erneut an die andere Tür.
Nel frattempo suo padre bussò di nuovo all'altra porta.
**„Kann der Hauptsekretär jetzt hereinkommen?", wollte er
wissen.**
"Il capo impiegato può entrare adesso?" voleva sapere.
**"Nein, das kann er nicht", antwortete Gregor auf die Frage
seines Vaters.**
«No, non può», rispose Gregor alla domanda del padre.
Im Raum links von uns herrschte betretenes Schweigen.
Un silenzio imbarazzato calò nella stanza a sinistra.
Im Zimmer rechts begann die Schwester zu schluchzen.
Nella stanza di destra la sorella cominciò a singhiozzare.
Warum war die Schwester nicht zu den anderen gegangen?
Perché la sorella non era andata a stare con gli altri?
Sie war wahrscheinlich gerade erst aufgestanden, dachte er.
Probabilmente si era appena alzata dal letto, pensò.
**Vielleicht hatte sie noch gar nicht angefangen, sich
anzuziehen.**
Forse non aveva ancora iniziato a vestirsi.
Gregor aber verstand nicht, warum sie weinte.
Ma Gregor non riusciva a capire perché piangesse.

Lag es daran, dass er nicht aufgestanden war und den Manager hereingelassen hatte?

Forse perché non si è alzato e non ha fatto entrare il direttore?

Lag es daran, dass er Gefahr lief, seinen Job zu verlieren?

Era forse perché rischiava di perdere il lavoro?

Könnte der Chef wie früher gegen die Eltern vorgehen?

Il capo potrebbe se la prenderà con i genitori come prima?

Würde er seine alten Forderungen an sie wiederholen?

Avrebbe ripresentato loro le vecchie richieste?

Diese Dinge waren wahrscheinlich unnötig.

Probabilmente non c'era motivo di preoccuparsi di queste cose.

Im Moment hatte sie keinen Grund zu weinen.

Per il momento non aveva motivo di piangere.

Gregor war noch da und sorgte für seine Familie.

Gregor era ancora lì, a provvedere alla famiglia.

Und er hatte nie die Absicht, die Familie zu verlassen.

E non ha mai avuto alcuna intenzione di lasciare la famiglia.

Im Moment lag er einfach nur da auf dem Teppich.

Per il momento rimase semplicemente sdraiato sul tappeto.

Die Familie wusste nichts von seinem Zustand.

La famiglia non era a conoscenza delle sue condizioni.

Hätten sie das gewusst, hätten sie seinen Chef nicht ermutigt.

Se lo avessero saputo non avrebbero incoraggiato il suo capo.

Sie hätten nicht einmal den Manager ins Haus gelassen.

Non avrebbero nemmeno lasciato entrare il direttore in casa.

Ihn abzuweisen wäre nicht besonders unhöflich gewesen.

Mandarlo via non sarebbe stato particolarmente maleducato.

Er hätte später problemlos eine passende Ausrede finden können.

Avrebbe potuto facilmente trovare una scusa adatta più tardi.

Dafür hätte er nicht entlassen werden können.

Non era qualcosa per cui avrebbe potuto essere licenziato.

Gregor war der Ansicht, dass es jetzt vernünftiger wäre, allein gelassen zu werden.

Gregor pensò che sarebbe stato più sensato ora essere lasciato solo.

Ihn durch Weinen und Reden zu stören, brachte wenig.

Disturbarlo con il pianto e le chiacchiere non ottenne alcun risultato.

Doch die anderen beunruhigte die Ungewissheit.

Ma era l'incertezza a turbare gli altri.

Und genau diese Unsicherheit entschuldigte ihr Verhalten.

Ed era proprio questa incertezza a giustificare il loro comportamento.

„Herr Samsa!", rief der Manager mit erhobener Stimme.

«Signor Samsa», chiamò il direttore a voce alta.

„Was ist los mit dir?", wollte er wissen.

"Cosa ti succede?" volle sapere.

„Du hast dich in deinem Zimmer verbarrikadiert."

"Ti sei barricato nella tua stanza."

„Sie antworten nur mit ‚Ja' oder ‚Nein'."

"Rispondi solo con un 'sì' o con un 'no'."

„Du bereitest deinen Eltern große Sorgen."

"Stai causando seri problemi ai tuoi genitori."

„Ich sehe keinen guten Grund, warum Sie sie beunruhigen sollten."

"Non vedo una buona ragione per cui dovresti preoccuparli."

„Es gibt da noch eine Sache, die ich nebenbei erwähnen möchte."

"C'è un'altra cosa che vorrei menzionare di sfuggita."

„Sie vernachlässigen auch Ihre geschäftlichen Pflichten uns gegenüber."

"Stai anche trascurando i tuoi doveri commerciali nei nostri confronti."

„Eine solche Verantwortungslosigkeit entspricht so gar nicht Ihrem Charakter."

"Una simile irresponsabilità è del tutto fuori dal tuo carattere."

„Ich spreche hier im Namen Ihrer Eltern und Ihres Chefs."

"Parlo qui a nome dei tuoi genitori e del tuo capo."

„Und ich bitte Sie um eine sofortige und klare Erklärung."

"E vi chiedo una spiegazione immediata e chiara."

„Das Ganze erstaunt mich wirklich, das muss ich sagen."
"Devo dire che tutta questa faccenda mi stupisce davvero."
„Ich dachte, ich kenne dich als ruhigen und vernünftigen Menschen."
"Pensavo di conoscerti come una persona calma e ragionevole."
„Aber jetzt zeigst du uns eine andere Seite von dir."
"Ma ora ci stai mostrando un lato diverso di te."
„Plötzlich zeigst du deine ganz eigenen Launen."
"All'improvviso stai mostrando i tuoi capricci davvero particolari."
„Aber es könnte eine Erklärung für Ihr Scheitern geben."
"Ma potrebbe esserci una spiegazione per il tuo fallimento."
„Der Chef erwähnte eine Forderung, die Sie für uns eingetrieben hatten."
"Il capo ha menzionato un debito che hai riscosso per noi."
"Ich habe dem Chef in Ihrem Namen mein Ehrenwort gegeben."
"Ho dato la mia parola d'onore al capo da parte tua."
„Aber jetzt sehe ich deine unverständliche Sturheit."
"Ma ora vedo la tua incomprensibile testardaggine."
"Vielleicht verliere ich auch noch jegliche Lust, dir überhaupt zu helfen."
"Potrei ancora perdere del tutto la voglia di aiutarti."
„Ihre Arbeitsplatzsicherheit ist keineswegs völlig stabil."
"La sicurezza del tuo posto di lavoro non è affatto del tutto stabile."
„Eigentlich wollte ich euch das alles unter vier Augen erzählen."
"Inizialmente avevo intenzione di raccontarti tutto questo in privato."
„Aber jetzt sehe ich, dass Sie wollen, dass ich hier meine Zeit verschwende."
"Ma ora vedo che vuoi che io perda tempo qui."
„Ich sehe also keinen Grund, warum deine Eltern das nicht wissen sollten."

"Quindi non vedo perché i tuoi genitori non dovrebbero saperlo."

„Ihre Leistungen in letzter Zeit waren nicht zufriedenstellend."

"La tua recente prestazione non è stata soddisfacente."

„Ich räume ein, dass die Verkäufe zu dieser Jahreszeit langsamer laufen."

"Ammetto che le vendite sono più lente in questo periodo dell'anno."

„Aber es gibt keine Jahreszeit, in der es keine Verkäufe gibt."

"Ma non c'è periodo dell'anno in cui non si facciano vendite."

Für einen Moment vergaß Gregor alles um sich herum.

Per un attimo Gregor dimentica tutto ciò che lo circonda.

„Aber Herr Prokurist!", rief Gregor verzweifelt aus.

«Ma signor Prokurist!», gridò Gregor disperato.

"Ich öffne die Tür sofort, jetzt gleich, keine Sorge."

"Apro subito la porta, non preoccuparti."

„Das Problem ist, dass ich mich ziemlich unwohl fühle."

"Il problema è che non mi sono sentito molto bene."

„Mir war schwindelig, deshalb konnte ich die Tür nicht erreichen."

"Le vertigini mi hanno impedito di arrivare alla porta."

„Ich liege zwar noch im Bett, aber es geht mir schon viel besser."

"Sono ancora a letto, ma mi sento molto meglio."

"Einen Moment bitte, ich stehe gerade erst auf."

"Un attimo, per favore, sto giusto scendendo dal letto."

"Einen Moment Geduld, Herr Prokurist, ist alles, worum ich bitte."

"Le chiedo solo un attimo di pazienza, signor Prokurist."

„Es läuft nicht so gut, wie ich dachte, aber ich werde es schon schaffen."

"Non sta andando come pensavo, ma starò bene."

"Wie kann so etwas einem Menschen so schnell passieren?"

"Come può una cosa del genere accadere a una persona così in fretta?"

„Mir ging es gestern Abend gut, das wissen meine Eltern."
"Ieri sera mi sentivo bene, i miei genitori lo sanno."
„Aber vielleicht hatte ich damals schon eine kleine
Vorahnung."
"Ma forse avevo già avuto una piccola premonizione allora."
„Man könnte sich fragen, warum ich es nicht im Büro
gemeldet habe."
"Potresti chiederti perché non l'ho segnalato in ufficio."
„Ich dachte, ich würde mich morgen früh wieder viel besser
fühlen."
"Pensavo che mi sarei sentito molto meglio domattina."
„Man denkt immer, dass sie die Krankheit bis dahin besiegt
haben werden."
"Si pensa sempre che a quel punto la malattia sarà superata."
„Aber bitte! Verschonen Sie meine Eltern vor diesen
Anschuldigungen!"
"Ma per favore! Risparmiate queste accuse ai miei genitori!"
„Mir wurde kein Wort von dem erzählt, was Sie mir erzählt
haben."
"Non mi è stata detta una parola di quello che mi hai detto."
„Sie haben möglicherweise die letzten von mir versandten
Befehle nicht gelesen."
"Potresti non aver letto gli ultimi ordini che ho inviato."
„Übrigens, du brauchst dir heute keine Sorgen um mich zu
machen."
"A proposito, oggi non devi preoccuparti per me."
„Ich werde trotzdem den Zug um acht Uhr nehmen."
"Prenderò comunque il treno delle otto."
„Die wenigen Stunden Ruhe haben mich ausreichend
gestärkt."
"Le poche ore di riposo mi hanno dato abbastanza forza."
"Sie müssen wirklich nicht warten, Manager."
"Non c'è davvero bisogno che tu aspetti, direttore."
„Auch ich werde schon bald im Büro sein."
"Anch'io sarò in ufficio molto presto."
"Und bitte seien Sie so freundlich, ein gutes Wort für mich
einzulegen."

"E per favore, sii così gentile da mettere una buona parola per me."

Gregor hatte seine Erklärung recht hastig vorgetragen.

Gregor aveva pronunciato la sua spiegazione piuttosto frettolosamente.

Er wusste selbst kaum, was er eigentlich sagen wollte.

Non sapeva bene cosa stesse realmente cercando di dire.

Er ging zu der Kiste und versuchte, sich daran hochzuziehen.

Andò verso la scatola e cercò di usarla per alzarsi.

Er hatte wirklich die feste Absicht, die Tür zu öffnen.

Aveva davvero tutta l'intenzione di aprire la porta.

Er wollte vom Bevollmächtigten empfangen werden.

Voleva essere visto dal rappresentante autorizzato.

Und er wollte das Problem persönlich mit ihm lösen.

E voleva risolvere il problema personalmente con lui.

Er war gespannt darauf, wie die anderen auf ihn reagieren würden.

Era ansioso di sapere come avrebbero reagito gli altri nei suoi confronti.

Sie sind bestimmt inzwischen auch gespannt darauf, wie es ihm geht.

A questo punto saranno sicuramente ansiosi di vedere come sta.

Es gab zwei mögliche Arten, wie sie auf ihn reagieren konnten.

C'erano due possibili modi in cui avrebbero potuto reagire a lui.

Eine Möglichkeit war, dass sie Angst bekommen würden.

Una possibilità era che si spaventassero.

Wenn sie Angst hatten, dann trug er keine Verantwortung.

Se erano spaventati, allora non aveva alcuna responsabilità.

Und dann müsste er sich keine Sorgen mehr um die Situation machen.

E allora non avrebbe dovuto preoccuparsi della situazione.

Es gab aber auch noch eine andere Möglichkeit, die man in Betracht ziehen musste.

Ma c'era anche un'altra possibilità a cui pensare.

Vielleicht würden sie ihn so, wie er war, einfach hinnehmen.

Forse avrebbero accettato con calma il suo modo di essere.

Dann hätte auch Gregor keinen Grund, sich aufzuregen.

Allora anche Gregor non avrebbe più motivo di arrabbiarsi.

Es bliebe noch genügend Zeit, den Zug zu erreichen.

Ci sarebbe ancora abbastanza tempo per prendere il treno.

Das Aufrechtstehen war jedoch alles andere als einfach.

Tuttavia, stare in piedi non era affatto un compito facile.

Bei seinen ersten Versuchen rutschte er von der Kiste ab.

Nei suoi primi tentativi scivolò fuori dalla scatola.

Die Kiste war zu glatt, als dass er sich dagegen stemmen konnte.

La scatola era troppo liscia perché lui potesse starci in piedi.

Und schließlich gab er sich noch einen letzten Anstoß, um aufzustehen.

E infine si diede un'ultima spinta per rialzarsi.

Er schenkte den Schmerzen in seinem Bauch keine Beachtung mehr.

Non prestò più attenzione al dolore all'addome.

Egal wie groß der Schmerz sein würde, er würde es durchstehen.

Non importava quanto dolore provasse, ce l'avrebbe fatta.

Er ließ sich gegen die Lehne eines nahegelegenen Stuhls fallen.

Si lasciò cadere contro lo schienale di una sedia lì vicino.

Und er hielt sich mit seinen kleinen Beinchen am Rand fest.

E si teneva ai bordi con le sue zampette.

Zu diesem Zeitpunkt hatte er sich besser im Griff.

A questo punto aveva acquisito un maggiore controllo di sé.

Und sein Fall war stiller als der vorherige.

E la sua caduta fu più silenziosa della precedente.

Weil er dem Manager zuhören musste.

Perché doveva ascoltare ciò che diceva il direttore.

„Habt ihr irgendetwas davon verstanden?", fragte er die Eltern.

"Avete capito qualcosa?" chiese ai genitori.

"Er würde uns doch nicht zum Narren halten, oder?"

"Non ci prenderebbe in giro, vero?"

„Um Gottes Willen!", rief die Mutter und weinte bereits.

"Per l'amor di Dio", gridò la madre, già in lacrime.

„Er könnte schwer krank sein und wir quälen ihn."

"Potrebbe essere gravemente malato e lo stiamo tormentando."

"Grete! Grete!", schrie sie ihrer Tochter zu.

"Grete! Grete!" urlò alla figlia.

„Mutter?", rief die Schwester von der anderen Seite.

"Mamma?" chiamò la sorella dall'altra parte.

Dann kommunizierten sie durch Gregors Zimmer.

Poi comunicarono attraverso la stanza di Gregor.

„Gregor ist sehr krank und braucht Medikamente."

"Gregor è molto malato e ha bisogno di medicine."

„Sie müssen sofort zum Arzt gehen."

"Dovrai andare subito dal medico."

Hast du gehört, wie Gregor eben gesprochen hat?

"Hai sentito come ha parlato Gregor poco fa?"

„Das war die Stimme eines Tieres", sagte der Manager.

"Era la voce di un animale", disse il direttore.

Seine Worte waren leise im Vergleich zu den Schreien der Mutter.

Le sue parole erano silenziose in confronto alle urla della madre.

"Anna! Anna!", rief der Vater durch das Vorzimmer.

«Anna! Anna!» chiamò il padre dall'anticamera.

Und er klatschte in die Hände, um ihre Aufmerksamkeit zu erregen.

E batté le mani per attirare la loro attenzione.

"Holt sofort einen Schlüsseldienst!", befahl er dem Dienstmädchen.

"Chiama subito un fabbro!" ordinò alla cameriera.

Die Mädchen rannten in ihren Röcken durch das Vorzimmer.

Le ragazze, in gonna, attraversarono di corsa l'anticamera.

Und ihre Röcke raschelten, als sie an seinem Zimmer vorbeiliefen.

E le loro gonne frusciavano mentre correvano davanti alla sua stanza.

„Wie konnte sich die Schwester so schnell anziehen?", dachte er.

"Come ha fatto la sorella a vestirsi così in fretta?" pensò.

Die Tür war aufgerissen, aber nicht zugeschlagen.

La porta fu spalancata, ma non sbattuta.

Dies kommt häufig in Haushalten vor, in denen ein großes Unglück geschieht.

Ciò è comune nelle case in cui si verifica una grande disgrazia.

All das hatte Gregor jedoch deutlich ruhiger gemacht.

Ma tutto questo aveva fatto sì che Gregor diventasse molto più calmo.

Als er seine eigenen Worte hörte, erschienen sie ihm klar.

Quando udì le sue stesse parole, gli sembrarono chiare.

Tatsächlich war er der Ansicht, seine Worte seien eigentlich klarer gewesen.

In realtà sentiva che le sue parole erano state più chiare.

Die anderen aber verstanden nicht mehr, was er sagte.

Ma gli altri non capivano più cosa stesse dicendo.

Vielleicht hatte er sich inzwischen an seine Ohren gewöhnt.

Forse ormai si era abituato alle sue orecchie.

Aber zumindest verstanden sie seine Situation jetzt besser.

Ma almeno ora capivano meglio la sua situazione.

Sie erkannten, dass mit ihm tatsächlich etwas nicht stimmte.

Si resero conto che c'era davvero qualcosa che non andava in lui.

Und sie taten nun alles, was sie konnten, um ihm zu helfen.

E ora facevano tutto il possibile per aiutarlo.

Dies gab Gregor ein Gefühl des Selbstvertrauens, das ihm gefehlt hatte.

Ciò diede a Gregor un senso di sicurezza che gli mancava.

Und er fühlte sich in der Familie wieder viel sicherer.

E si sentì di nuovo molto più sicuro in famiglia.

Er hatte das Gefühl, wieder in den menschlichen Kreis aufgenommen zu sein.

Si sentiva di nuovo incluso nel cerchio umano.

Nun musste er hoffen, dass der Schlüsseldienst die Tür öffnen konnte.

Ora non gli restava che sperare che il fabbro riuscisse ad aprire la porta.

Und er hoffte, der Arzt könne solche Aufgaben ausführen.

E sperava che il medico potesse svolgere tali compiti.

Er würde bald wieder mehr reden müssen.

Presto avrebbe dovuto parlare ancora di più.

Seine Stimme musste so klar wie möglich sein.

La sua voce doveva essere il più chiara possibile.

Zur Vorbereitung auf das Treffen räusperte er sich.

Per prepararsi all'incontro si schiarì la gola.

Er bemühte sich jedoch, nur sehr leise zu husten.

Tuttavia, fece del suo meglio per tossire solo molto silenziosamente.

Das Geräusch klang möglicherweise anders als ein menschlicher Husten.

Il rumore potrebbe essere stato diverso da quello di un colpo di tosse umano.

Er wusste, dass er solche Dinge nicht mehr unterscheiden konnte.

Sapeva che non riusciva più a distinguere queste cose.

Im Nebenzimmer war es vollkommen still geworden.

Nella stanza accanto era calato il silenzio più assoluto.

Die Eltern saßen wahrscheinlich am Tisch.

Probabilmente i genitori erano seduti a tavola.

Möglicherweise flüsterten sie mit dem Manager.

Forse stavano bisbigliando con il direttore.

Vielleicht lehnten alle an der Tür und lauschten.

Forse tutti erano appoggiati alla porta e ascoltavano.

Gregor schob den Stuhl langsam in Richtung Tür.

Gregor spinse lentamente la sedia verso la porta.

Er stemmte sich gegen die Tür und hielt sich aufrecht.

Spinse la porta e si tenne in piedi.

Er stellte fest, dass sich an seinen Fußsohlen ein wenig Klebstoff befand.

Scoprì che i cuscinetti dei suoi piedi avevano un po' di colla.

Und er ruhte sich dort einen Moment lang von der Anstrengung aus.

E lì si riposò per un momento dallo sforzo.

Nachdem er sich ausreichend ausgeruht hatte, begann er mit der nächsten Aufgabe.

Dopo essersi riposato a sufficienza, si dedicò al compito successivo.

Er begann, den Schlüssel mit dem Mund im Schloss zu drehen.

Cominciò a girare la chiave nella serratura con la bocca.

Leider schien er gar keine Zähne zu haben.

Sfortunatamente, sembrava che non avesse denti veri.

Aber welche andere Möglichkeit hätte er gehabt, an die Schlüssel zu gelangen?

Ma quale altro modo aveva per prendere le chiavi?

Zum Glück für ihn waren seine Kiefer natürlich sehr kräftig.

Fortunatamente per lui le sue mascelle erano ovviamente molto forti.

Mit Hilfe seiner Kiefermuskeln brachte er den Schlüssel tatsächlich in Bewegung.

Con l'aiuto delle sue mascelle riuscì davvero a far muovere la chiave.

Er hatte keinen Zweifel daran, dass er sich damit auch selbst schadete.

Non aveva dubbi che anche lui si stesse facendo del male.

Weil eine braune Flüssigkeit aus seinem Mund kam.

Perché dalla sua bocca usciva un liquido marrone.

Die braune Flüssigkeit ergoss sich über den Schlüssel und die Tür hinunter.

Il liquido marrone colò sulla chiave e lungo la porta.

Aber Gregor kümmerte es nicht, dass er sich selbst schadete.

Ma a Gregor non importava di farsi del male.

„Können Sie das hören?", fragte der Manager im Nebenraum.

"Senti?" chiese il direttore nella stanza accanto.

„Er dreht den Schlüssel um", hatte der Manager bemerkt.

«Sta girando la chiave», aveva notato il direttore.

Diese Worte waren eine große Ermutigung für Gregor.

Queste parole furono di grande incoraggiamento per Gregor.

Aber auch Vater und Mutter hätten rufen sollen:

Ma anche il padre e la madre avrebbero dovuto gridare:

„Gut gemacht, Gregor!", hätten sie ihm zurufen sollen.

"Bene, Gregor", avrebbero dovuto gridargli.

„Immer weiter, immer weiter am Schlüssel drehen, du schaffst das."

"Continua, continua a girare quella chiave, ce la puoi fare."

Stattdessen musste Gregor sich ihre Begeisterung vorstellen.

Ma Gregor dovette immaginare la loro eccitazione.

Er presste die Zähne zusammen mit aller Kraft, die er hatte.

Strinse le mascelle con tutta la forza che aveva.

Und er drehte den Schlüssel weiter im Schloss.

E continuò a girare la chiave nella serratura.

Sein Körper wand sich schmerzhaft im Kreis.

Il suo corpo si contorse dolorosamente in cerchio.

Er konnte sich nur noch mit dem Mund aufrecht halten.

Ora si reggeva in piedi solo con la bocca.

Um den Schlüssel weiterzudrehen, drückte er gegen die Tür.

Per continuare a girare la chiave, premeva contro la porta.

Schließlich weckte das Knacken des Schlosses Gregor wieder auf.

Infine lo scatto della serratura risvegliò di nuovo Gregor.

„Ich brauchte also keinen Schlüsseldienst", seufzte er erleichtert.

"Quindi non ho avuto bisogno del fabbro", sospirò di sollievo.

Jetzt musste er nur noch die Tür öffnen, die er aufgeschlossen hatte.

Ora non gli restava che aprire la porta che aveva sbloccato.

Und mit dem Kopf auf dem Türgriff öffnete er die Tür.

E con la testa sulla maniglia aprì la porta.

Er befand sich hinter der Tür, die in sein Zimmer führte.

Lui era dietro la porta che dava sulla sua stanza.

Die Tür war also schon offen, bevor man ihn sehen konnte.

Quindi la porta era già aperta prima che lui potesse essere visto.

Als Nächstes musste er sich um die Tür herummanövrieren.

Poi dovette manovrare intorno alla porta stessa.

Diese schwierige Bewegung erforderte auch viel Mühe.

Anche questo difficile movimento ha richiesto molto impegno.

Er wollte nicht ungeschickt in den nächsten Raum fallen.

Non voleva cadere goffamente nella stanza accanto.

So hatte er keine Zeit, sich auf irgendetwas anderes zu konzentrieren.

Quindi non aveva tempo di prestare attenzione a nient'altro.

Doch dann hörte er den Hauptsekretär laut „Oh!" ausrufen.

Ma poi sentì il capo impiegato emettere un forte "Oh!"

Es klang, als würde der Wind durchs Haus rauschen.

Sembrava che il vento soffiasse attraverso la casa.

Er war zufällig derjenige, der der Tür am nächsten stand.

Lui era quello più vicino alla porta.

Und als er ihn nun sah, presste er die Hand an den Mund.

E ora, vedendolo, si premette la mano sulla bocca.

Langsam bewegte er sich rückwärts, weg von Gregor.

Si mosse lentamente all'indietro, allontanandosi da Gregor.

Aber es war, als ob eine unsichtbare Kraft auf ihn einwirkte.

Ma era come se una forza invisibile agisse su di lui.

Das Erste, was die Mutter tat, war, den Vater anzusehen.

La prima cosa che fece la madre fu guardare il padre.

Trotz der Anwesenheit des Managers war ihr Haar zerzaust.

Nonostante la presenza del direttore, i suoi capelli erano spettinati.

Sie verschränkte die Arme und machte zwei Schritte nach vorn.

Aprì le braccia e fece due passi avanti.

Doch dann brach sie mitten in ihrem Rock zusammen.

Ma poi crollò in mezzo alla gonna.

Ihr Kleid breitete sich um sie herum auf dem Boden aus.

Il suo vestito si stese tutto intorno a lei sul pavimento.

Und ihr Kopf verschwand auf ihren eigenen Brüsten.

E la sua testa scomparve sul suo seno.

Der Vater ballte mit feindseligem Gesichtsausdruck die Faust.

Il padre strinse il pugno con un'espressione ostile.

Er schien Gregor zurück in sein Zimmer drängen zu wollen.

Sembrava che volesse spingere Gregor di nuovo nella sua stanza.

Dann blickte er unsicher im Wohnzimmer umher.

Poi guardò con aria incerta il soggiorno.

Und schließlich bedeckte er seine Augen mit den Händen.

E infine si coprì gli occhi tra le mani.

Und er weinte bitterlich, bis seine mächtige Brust erbebte.

E pianse amaramente finché il suo possente petto non tremò.

Gregor betrat ihr Zimmer tatsächlich gar nicht.

Gregor in realtà non entrò affatto nella loro stanza.

Stattdessen lehnte er sich an den Türrahmen.

Invece si appoggiò allo stipite della porta.

Von außen war nur die Hälfte seines Körpers sichtbar.

Solo metà del suo corpo era visibile a chi si trovava all'esterno.

Und auf seinem Körper befand sich sein Kopf, zur Seite geneigt.

E sulla parte superiore del suo corpo c'era la testa, inclinata di lato.

Das Licht war inzwischen viel heller geworden als zuvor.

Ormai la luce era diventata molto più intensa di prima.

Man konnte nun deutlich die andere Straßenseite sehen.

Ora si poteva vedere chiaramente l'altro lato della strada.

Ein Teil des endlosen, grauen Krankenhauses gab sich zu erkennen.

Si rivelò una parte dell'ospedale grigio e infinito.

Der Morgenregen hatte noch nicht ganz aufgehört.

La pioggia mattutina non aveva ancora cessato del tutto di cadere.

Doch nun waren die Regentropfen größer und weiter voneinander entfernt.

Ma ora le gocce di pioggia erano più grandi e più distanti tra loro.

Das Frühstücksbuffet war in Hülle und Fülle vorhanden.
I piatti per la colazione erano in tavola in abbondanza.
Der Vater hielt das Frühstück für die wichtigste Mahlzeit.
Il padre riteneva che la colazione fosse il pasto più importante.
Das Frühstück war eine Mahlzeit, die er stundenlang in die Länge zog.
La colazione era un pasto che si trascinava per ore.
Und in diesen Stunden las er die verschiedenen Zeitungen.
E in quelle ore leggeva i vari giornali.
Direkt gegenüber hing ein Foto von Gregor.
Proprio sulla parete opposta era appesa una fotografia di Gregor.
Das Foto an der Wand zeigte ihn als Leutnant.
La fotografia sul muro lo ritraeva come tenente.
Es war ein Foto aus seiner Zeit beim Militär.
Era una foto del periodo trascorso nell'esercito.
Seine Hand ruhte auf seinem Schwert, und er hatte ein unbeschwertes Lächeln im Gesicht.
Teneva la mano sulla spada e aveva un sorriso spensierato.
Seine Haltung und seine Uniform flößten einen gewissen Respekt ein.
La sua postura e la sua uniforme esigevano un certo rispetto.
Die andere Tür, die zum Vorzimmer führte, war ebenfalls offen.
Anche l'altra porta che conduceva all'anticamera era aperta.
Und die Tür zur Wohnung war auch noch offen.
E anche la porta dell'appartamento era ancora aperta.
Man konnte bis zum Vorhof des Wohnhauses sehen.
Si poteva vedere fino al piazzale antistante l'appartamento.
Und dann führte die Treppe hinunter auf die Straße.
E poi le scale portavano giù nella strada sottostante.
Gregor war der Einzige, der die Fassung bewahrt hatte.
Gregor era l'unico che aveva mantenuto la calma.
Er hat das gesehen, daher lag die Verantwortung für das Gespräch bei ihm.
Lui se ne accorse, quindi la conversazione era sua responsabilità.

"So, ich werde mich jetzt für die Arbeit anziehen", sagte er.
"Bene, ora vado a vestirmi per andare al lavoro", disse.
„Sobald ich die Textilmuster verpackt habe, werde ich abreisen."
"Dopo aver impacchettato i campioni di tessuto, me ne andrò."
"Beabsichtigen Sie immer noch, mich zu entlassen, Herr Prokurist?"
"Ha ancora intenzione di licenziarmi, signor Prokurist?"
„Wie Sie sehen, bin ich nicht so stur, wie Sie dachten."
"Come puoi vedere, non sono così testardo come pensavi."
„Und Sie können sehen, dass ich doch gerne arbeite."
"E vedi che dopotutto mi piace lavorare."
„Ich kann zugeben, dass Reisen aus beruflichen Gründen nicht einfach ist."
"Posso ammettere che viaggiare per lavoro non è facile."
„Aber ich kann auch akzeptieren, dass es Teil meines Jobs ist."
"Ma posso anche accettare che faccia parte del mio lavoro."
"Manager, wo gehen Sie hin? Zurück ins Büro?"
"Direttore, dove sta andando? Di nuovo in ufficio?"
„Werden Sie alles, was Sie gesehen haben, wahrheitsgemäß berichten?"
"Riferirai sinceramente tutto ciò che hai visto?"
„Manchmal kommt es vor, dass man nicht zur Arbeit gehen kann."
"A volte capita di non poter andare al lavoro."
„Das ist der richtige Zeitpunkt, um sich an vergangene Erfolge zu erinnern."
"È il momento giusto per ricordare i successi del passato."
„Nachdem die Schwierigkeit beseitigt wurde, funktioniert es sogar noch besser."
"Dopo aver eliminato la difficoltà, si lavora ancora meglio."
„Mein Fleiß und meine Konzentration werden zunehmen."
"La mia diligenza e concentrazione sono destinate ad aumentare."
"Sie wissen ganz genau, dass ich dem Chef etwas schulde."
"Sai benissimo che sono in debito con il capo."

„Aber ich mache mir auch Sorgen um meine Eltern und meine Schwester."

"Ma sono anche preoccupato per i miei genitori e mia sorella."

„Ich stecke in einer schwierigen Lage, aber ich werde einen Weg finden, da wieder herauszukommen."

"Sono in una situazione difficile, ma troverò la soluzione."

„Macht es nicht noch schwieriger, als es ohnehin schon ist."

"Non rendere le cose più difficili di quanto non siano già."

„Als Kollegen müssen wir uns auch gegenseitig helfen."

"Come colleghi dobbiamo anche aiutarci a vicenda."

„Ich weiß, dass die Büroangestellten die Reisenden nicht mögen."

"So che agli impiegati non piacciono i viaggiatori."

„Ihr glaubt, wir verdienen ein Vermögen und führen ein gutes Leben."

"Pensi che guadagniamo una fortuna e conduciamo una bella vita."

„Sie haben keinen wirklichen Grund, ihre Vorurteile zu hinterfragen."

"Non hanno alcun vero motivo per considerare i loro pregiudizi."

„Sie als befugter Beamter haben jedoch eine andere Rolle."

"Ma tu, funzionario autorizzato, hai un ruolo diverso."

„Sie haben einen besseren Überblick als die anderen Mitarbeiter."

"Hai una visione d'insieme migliore rispetto agli altri membri dello staff."

„Tatsächlich glaube ich, dass Sie den besten Überblick haben."

"In effetti penso che tu abbia la panoramica migliore."

„Sie haben einen besseren Überblick als der Chef selbst."

"Hai una visione d'insieme migliore del capo stesso."

„Ich gebe zu, dass der Chef die unternehmerische Arbeit leistet."

"Ammetto che il capo fa il lavoro imprenditoriale."

„Aber es ist leicht, dass seine Urteile in die Irre geführt werden."

"Ma è facile che i suoi giudizi vengano fuorviati."
„Und diese kleinen Fehleinschätzungen können uns zum Nachteil gereichen."
"E questi piccoli errori di valutazione possono rivelarsi a nostro svantaggio."
„Sie wissen ja, wie leicht es ist, über den Reisenden zu sprechen."
"Sai quanto è facile parlare del viaggiatore."
„Er ist nicht da, um seinen Ruf vor Gerüchten zu verteidigen."
"Non è lì per difendere la sua reputazione dai pettegolezzi."
„Diese Anschuldigungen können leicht nur Zufälle sein."
"Queste accuse potrebbero facilmente essere solo delle coincidenze."
„Viele Beschwerden beruhen nicht einmal auf irgendeiner Wahrheit."
"Molte lamentele non hanno nemmeno un fondamento di verità."
„Er ist fast das ganze Jahr über nicht im Büro."
"È fuori ufficio quasi tutto l'anno."
Welche Chance hat er, seinen Ruf zu verteidigen?
"Quali possibilità ha di difendere la propria reputazione?"
„Er erfährt gar nichts von den Anschuldigungen."
"Non gli viene nemmeno detto delle accuse."
„Er erfährt erst, was gesagt wurde, wenn es zu spät ist."
"Scoprirà cosa è stato detto quando sarà troppo tardi."
„Zu diesem Zeitpunkt ist er von der Tagesreise völlig erschöpft."
"A quel punto è esausto per il viaggio della giornata."
„Er muss die schrecklichen Konsequenzen trotzdem am eigenen Leib erfahren."
"In ogni caso dovrà subire le terribili conseguenze."
„Auch wenn er keine Möglichkeit hat, das Problem zu verstehen."
"Anche se non ha modo di comprendere il problema."
"Oh Manager, gehen Sie nicht, ohne mir ein Wort zu sagen."
"Oh direttore, non se ne vada senza dirmi una parola."

„Sag mir wenigstens, dass du mir teilweise zustimmst."

"Almeno dimmi che sei in parte d'accordo con me."

Der Manager hatte sich aber schon viel früher von Gregor abgewandt.

Ma il direttore si era allontanato da Gregor molto prima.

Seine Schulter zuckte, als er Gregor anblickte.

La sua spalla sussultò quando guardò di nuovo Gregor.

Und er blieb während der gesamten Rede kein einziges Mal stehen.

E non si è fermato nemmeno una volta durante il discorso.

Er hatte Gregor mit zusammengepressten Lippen angesehen.

Aveva guardato Gregor con le labbra serrate.

Er hatte sich allmählich in Richtung Tür zurückgezogen.

Si stava ritirando gradualmente verso la porta.

Aber auch er konnte den Blick nicht von Gregor abwenden.

Ma non riusciva a staccare gli occhi da Gregor.

Er hatte das Gefühl, es gäbe ein geheimes Verbot, den Raum zu verlassen.

Aveva la sensazione che ci fosse un divieto segreto di uscire dalla stanza.

Zu diesem Zeitpunkt befand er sich aber bereits in der Eingangshalle.

Ma a questo punto era già nell'atrio.

Und nun machte er eine plötzliche Bewegung in Richtung Ausgang.

E ora fece un movimento improvviso verso l'uscita.

Er streckte seine rechte Hand in Richtung der Treppe aus.

Allungò la mano destra verso le scale.

Vielleicht wartete eine übernatürliche Macht darauf, ihn zu retten.

Forse una forza soprannaturale lo stava aspettando per salvarlo.

Gregor wusste, dass er ihn so nicht gehen lassen konnte.

Gregor sapeva che non poteva permettergli di andarsene in quel modo.

Der Manager darf nicht in der Stimmung zurückkehren, in der er sich befand.

Il direttore non deve tornare nello stesso stato d'animo in cui si trovava.

Gregors Arbeitsplatz war stark gefährdet.

La sicurezza del posto di lavoro di Gregor era seriamente a rischio.

Die Eltern konnten das alles nicht vollständig verstehen.

I genitori non riuscivano a comprendere appieno tutto questo.

Über die Jahre hatten sie sich an seine Arbeitsplatzsicherheit gewöhnt.

Nel corso degli anni si erano abituati alla sicurezza del suo posto di lavoro.

Und sie waren davon überzeugt, dass er den Job auf Lebenszeit hatte.

E si erano convinti che lui avrebbe avuto quel posto per tutta la vita.

Stattdessen hatten sie sich mit anderen Sorgen beschäftigt.

Invece erano diventati più impegnati con altre preoccupazioni.

Doch diese Bedenken führten dazu, dass sie jegliche Weitsicht verloren.

Ma queste preoccupazioni li portarono a perdere ogni lungimiranza.

Gregor hatte jedoch die elterliche Weitsicht nicht verloren.

Gregor, tuttavia, non aveva perso la lungimiranza dei genitori.

Jemand musste den Bevollmächtigten stoppen.

Qualcuno doveva fermare il rappresentante autorizzato.

Er musste ihn beruhigen und überzeugen.

Avrebbe dovuto calmarlo e convincerlo.

Davon hing die Zukunft von Gregor und seiner Familie ab!

Da questo dipendeva il futuro di Gregor e della sua famiglia!

Wenn doch nur die kluge Schwester da gewesen wäre, um zu helfen.

Se solo la sorella intelligente fosse stata qui ad aiutarci.

Sie hatte schon geweint, als Gregor noch in seinem Zimmer war.

Aveva già pianto quando Gregor era ancora nella sua stanza.

Zu diesem Zeitpunkt lag er einfach nur ruhig auf dem Rücken.

A quel punto se ne stava tranquillamente sdraiato sulla schiena.

Sie wusste damals schon um die Bedeutung der Situation.

Allora lei sapeva già l'importanza della situazione.

Der Manager hatte bekanntermaßen eine Schwäche für Frauen.

Il direttore aveva un debole ben noto per le donne.

Sie hätte ihn leicht dazu überreden können, länger zu bleiben.

Avrebbe potuto facilmente convincerlo a restare più a lungo.

Sie hätte die Tür geschlossen und ihn wieder hineingeführt.

Avrebbe chiuso la porta e lo avrebbe fatto rientrare.

Doch leider war die Schwester bereits aufgebrochen, um einen Arzt zu holen.

Ma sfortunatamente la sorella era andata a chiamare un medico.

Deshalb blieb Gregor nichts anderes übrig, als es selbst zu tun.

Perciò Gregor non ebbe altra scelta che farlo lui stesso.

Er hatte nicht bedacht, welche Fähigkeiten er tatsächlich besaß.

Non aveva considerato quali fossero realmente le sue capacità.

Und er hatte vergessen, seiner Fähigkeit zu sprechen zu misstrauen.

E aveva dimenticato di diffidare della sua capacità di parlare.

Dennoch verließ er die Sicherheit seines Zimmers.

Ma nonostante ciò, lasciò la sicurezza della sua stanza.

Und er drängte sich durch die Öffnung des Zimmers.

E si spinse attraverso l'apertura della stanza.

Der Manager war bereits auf dem Weg die Treppe hinunter.

Il direttore stava già scendendo le scale.

Aber er hielt sich mit beiden Händen am Geländer fest.

Ma lui si teneva alla ringhiera con entrambe le mani.

Gregor stürzte, als er sich durch die Tür schob.

Gregor cadde mentre si spingeva attraverso la porta.

Er stieß einen kleinen Schrei aus, als er nach Halt griff.

Emise un piccolo grido mentre cercava di aggrapparsi a qualcosa.

Doch anstatt in Panik zu geraten, verspürte er ein körperliches Wohlbefinden.

Ma anziché provare panico, provò un benessere fisico.

Zum ersten Mal an diesem Morgen fühlte sich etwas richtig an.

Per la prima volta quella mattina qualcosa sembrava giusto.

Alle seine Beine standen nun auf festem Boden.

Ora tutte le sue gambe avevano un terreno solido sotto di loro.

Er war überrascht, wie gut er seine Beine kontrollieren konnte.

Rimase sorpreso dalla sua capacità di controllare le gambe.

Er freute sich, festzustellen, dass seine Beine ihm vollkommen gehorchten.

Fu felice di notare che le sue gambe gli obbedivano completamente.

Tatsächlich trugen ihn seine Beine überall hin, wo er hinwollte.

Infatti le sue gambe lo portavano ovunque volesse.

Bald würden all seine Sorgen ein Ende finden.

Presto tutti i suoi dolori sarebbero finiti.

Doch im selben Augenblick sprang seine eigene Mutter auf.

Ma nello stesso momento anche sua madre balzò in piedi.

Ihre Arme waren ausgestreckt und ihre Finger gespreizt.

Aveva le braccia tese e le dita aperte.

Und sie schrie: „Hilfe, um Gottes willen, helft mir!"

E lei gridò: "Aiuto, per l'amor di Dio, qualcuno mi aiuti!"

Sie neigte den Kopf; sie wollte Gregor besser sehen.

Inclinò la testa; voleva vedere meglio Gregor.

Doch im Gegensatz zu ihrer ersten Handlung rannte sie zurück.

Ma, contrariamente alla prima azione, tornò indietro di corsa.

Sie hatte vergessen, dass der Tisch hinter ihr gedeckt war.

Aveva dimenticato che il tavolo era apparecchiato dietro di lei.

Alle Speisen fürs Frühstück standen noch auf dem Tisch.

Tutto il necessario per la colazione era ancora sul tavolo.

Sie setzte sich hastig auf den Tisch, als sei sie abgelenkt.
Si sedette frettolosamente sul tavolo, come se fosse distratta.
Und sie schien den verschütteten Kaffee nicht zu bemerken.
E non sembrava accorgersi del caffè rovesciato.
Der Kaffee, der inzwischen in den Teppich eingezogen war.
Il caffè che ormai stava impregnando il tappeto.
„Mutter, Mutter", sagte Gregor leise und blickte zu ihr auf.
«Mamma, mamma», disse Gregor dolcemente, guardandola.
Im Moment war ihm der Manager nicht wichtig.
Per il momento il manager non era importante per lui.
Aber da war auch noch der Kaffee, der auf den Teppich tropfte.
Ma c'era anche il caffè che gocciolava sul tappeto.
Gregor konnte nicht widerstehen und schnappte nach dem Kaffee.
Gregor non poté resistere alla tentazione di schioccare le mascelle per il caffè.
Die Mutter fing wegen seines Verhaltens wieder an zu weinen.
La madre ricominciò a piangere a causa del suo comportamento.
Sie sprang vom Tisch, um Abstand von ihm zu gewinnen.
Lei saltò giù dal tavolo per prendere le distanze da lui.
Und sie rannte in die Arme ihres Vaters, um Schutz zu suchen.
E corse tra le braccia del padre, per mettersi in salvo.
Doch Gregor hatte jetzt keine Zeit mehr für seine Eltern.
Ma Gregor non aveva più tempo da dedicare ai suoi genitori.
Der zuständige Beamte befand sich bereits auf der Treppe.
L'ufficiale autorizzato era già sulle scale.
Er hatte sein Kinn auf dem Geländer, um ins Haus zu schauen.
Aveva il mento appoggiato alla ringhiera per guardare dentro la casa.
Offenbar wollte er sich das Spektakel noch ein letztes Mal ansehen.
A quanto pare voleva dare un'ultima occhiata allo spettacolo.

Und Gregor unternahm einen letzten Versuch, den Manager
zu erreichen.

E Gregor fece un ultimo tentativo per raggiungere il direttore.

Er rannte so sicher wie möglich zur Tür.

Corse verso la porta nel modo più sicuro possibile.

Aber der Hauptsekretär muss etwas geahnt haben.

Ma il capo impiegato deve aver sospettato qualcosa.

Denn er sprang mehrere Stufen hinunter und verschwand.

Perché saltò giù da diversi gradini e scomparve.

"Huh!", rief Gregor, und sein Ruf hallte durch das
Treppenhaus.

"Huh!" urlò Gregor, echeggiando nella tromba delle scale.

Die Flucht des Managers schien auch seinen Vater zu
verwirren.

La fuga del direttore sembrò confondere anche suo padre.

Bis dahin war es ihm gelungen, recht gefasst zu bleiben.

Fino a quel momento era riuscito a mantenere un certo
controllo.

Doch leider verlor auch er die Fassung, die er zuvor
besessen hatte.

Ma purtroppo anche lui perse la compostezza che aveva
avuto.

Er hätte Gregor bei seinem Vorhaben helfen sollen.

Ciò che avrebbe dovuto fare era aiutare Gregor nella sua
ricerca.

Doch er packte den Gehstock des Managers mit einer Hand.

Ma lui afferrò il bastone da passeggio del direttore con una
mano.

In seiner anderen Hand hielt er nun eine Zeitung.

E nell'altra mano teneva ora un giornale.

Und nun behinderte er Gregor direkt bei seinem Vorhaben.

E ora ostacolava direttamente Gregor nel suo inseguimento.

Er hatte sich zwischen Gregor und die Straße gestellt.

Si era messo tra Gregor e la strada.

Er stampfte mit den Füßen auf und fuchtelte mit dem Stock
und der Zeitung herum.

Batté i piedi e agitò il bastone e il giornale.

Und er zwang Gregor aktiv zurück in sein Zimmer.
E stava costringendo Gregor a tornare nella sua stanza.
Keine der Bitten, die Gregor äußerte, half.
Nessuna delle richieste che Gregor provò a fare ebbe successo.
Weil keines seiner Anliegen verstanden wurde.
Perché nessuna delle richieste da lui avanzate venne
compresa.
Er wandte den Kopf in eine tiefere, demütigere Haltung.
Girò la testa verso un'angolazione più profonda e umile.
**Doch sein Vater antwortete, indem er noch heftiger mit den
Füßen aufstampfte.**
Ma il padre rispose battendo i piedi ancora più forte.
Die Mutter öffnete trotz des kühlen Wetters ein Fenster.
La madre aprì una finestra, nonostante il clima fresco.
Und sie presste ihr Gesicht in die Hände vor Kälte.
E si premette il viso tra le mani per il freddo.
Der Wind konnte nun durch die gesamte Wohnung strömen.
Ora il vento poteva attraversare tutto l'appartamento.
Ein starker Luftzug wehte vom Treppenhaus in die Gasse.
Una forte corrente d'aria soffiava dalla scala verso il vicolo.
**Die Vorhänge wurden vom starken Wind hin und her
bewegt.**
Le tende svolazzavano a causa del forte vento.
Und die Zeitung auf dem Tisch raschelte im Wind.
E il giornale sul tavolo frusciava nel vento.
Sogar einige Blätter wurden von draußen ins Haus geweht.
Anche alcune foglie sono state trasportate dall'esterno
all'interno della casa.
Der Vater stampfte mit den Füßen und schob unerbittlich.
Il padre batteva i piedi e spingeva senza sosta.
**Und er zischte und gab Geräusche von sich, wie es ein
Wilder tun würde.**
E sibilò e fece rumori come avrebbe fatto un selvaggio.
Gregor hatte das Rückwärtsgehen aber noch nicht geübt.
Ma Gregor non aveva ancora imparato a camminare
all'indietro.

**Selbst Gregor würde zugeben, dass diese Bewegung
wesentlich langsamer vonstatten ging.**
Anche Gregor ammetterebbe che questo movimento era molto
più lento.
Doch alles, was er wollte, war die Gelegenheit, umzukehren.
Tutto ciò che voleva, però, era l'opportunità di voltarsi.
Dann wäre er sofort in sein Zimmer gegangen.
Poi sarebbe andato subito nella sua stanza.
**Aber er hatte zu große Angst, seinen Vater ungeduldig zu
machen.**
Ma aveva troppa paura di rendere impaziente suo padre.
**Und es bestand die Drohung mit einem Schlag mit dem
Stock.**
E c'era la minaccia di un colpo con il bastone.
Ein solcher Schlag auf den Hinterkopf könnte tödlich sein.
Un colpo del genere alla nuca potrebbe essere fatale.
Am Ende blieb Gregor jedoch keine andere Wahl.
Ma alla fine Gregor non ebbe altra scelta.
**Ihm wurde klar, dass er nicht einmal mehr geradeaus
rückwärts gehen konnte.**
Si rese conto che non riusciva nemmeno a camminare
all'indietro dritto.
Er begann sich so schnell wie möglich umzudrehen.
Iniziò a girarsi il più velocemente possibile.
**Doch in Wirklichkeit war diese Drehbewegung genauso
langsam.**
Ma in realtà questo movimento di svolta era altrettanto lento.
Und ihm folgten die besorgten Blicke des Vaters.
E lo seguivano gli sguardi ansiosi del padre.
Vielleicht bemerkte der Vater Gregors gute Absichten.
Forse il padre notò le buone intenzioni di Gregor.
Weil er ihn nicht daran hinderte, sich umzudrehen.
Perché non gli impediva di voltarsi.
**Er benutzte sogar die Spitze seines Stocks, um die Drehung
zu steuern.**
Usò perfino la punta del suo bastone per guidare la rotazione.

Gregor wünschte sich aber dennoch, sein Vater hätte ihn nicht angefaucht!

Ma Gregor avrebbe voluto che il padre non gli avesse sibilato contro!

Das Zischen trug nur noch zur Verwirrung des Augenblicks bei.

Il sibilo non fece che aumentare la confusione del momento.

Und dann unterlief ihm ein Fehler, und er bog in die falsche Richtung ab.

Poi ha commesso un errore e ha svoltato nella direzione sbagliata.

Am Ende gelang es ihm schließlich doch, den richtigen Weg einzuschlagen.

Alla fine riuscì finalmente a guardare nella direzione giusta.

Und er war zufrieden mit den Fortschritten, die er gemacht hatte.

Ed era soddisfatto dei progressi fatti.

Doch dann trat das nächste Problem noch deutlicher zutage.

Ma poi il problema successivo divenne ancora più evidente.

Sein Körper war zu breit, um problemlos durch die Tür zu passen.

Il suo corpo era troppo largo per passare facilmente attraverso la porta.

In seinem jetzigen Zustand bemerkte der Vater dies nicht.

Nel suo stato attuale il padre non se ne accorse.

Deshalb kam es ihm nicht in den Sinn, die Tür weiter zu öffnen.

Perciò non gli venne in mente di aprire ulteriormente la porta.

Dann wäre genügend Platz für Gregor gewesen.

Allora ci sarebbe stato abbastanza spazio per Gregor.

Seine einzige Priorität war es, Gregor in sein Zimmer zu bringen.

La sua unica priorità era far entrare Gregor nella sua stanza.

Er hätte aufstehen müssen, um durch die Tür zu passen.

Avrebbe dovuto alzarsi in piedi per passare attraverso la porta.

Der Vater hätte ein solches Manöver jedoch nicht zugelassen.

Ma il padre non avrebbe permesso una simile manovra.

Tatsächlich fauchte er ihn noch heftiger an als zuvor.

In realtà gli stava sibilando contro ancora più selvaggiamente di prima.

Es klang nach mehr als nur einem Mann, der ihn anzischt.

Sembrava che a sibilargli contro fosse più di un uomo.

Seine Forderungen schienen nun an Dringlichkeit gewonnen zu haben.

Le sue richieste sembravano assumere una nuova urgenza.

Für Spielereien war jetzt wirklich keine Zeit mehr.

Ormai non c'era più tempo per perdere tempo.

Was auch immer geschah, Gregor musste durch die Tür gelangen.

Qualunque cosa accadesse, Gregor doveva attraversare la porta.

Er kämpfte sich ohne jegliche Rücksicht auf sich selbst durch.

Si è spinto oltre senza alcun rispetto per se stesso.

Durch die Bewegung wurde eine Seite seines Körpers nach oben gedrückt.

Un lato del suo corpo fu spinto verso l'alto dal movimento.

Und er lag unbeholfen und schief zwischen den Türrahmen.

E giaceva goffamente e storto tra la porta.

Eine seiner Flanken war am Holz wundgescheuert.

Uno dei suoi fianchi era scorticato contro il legno.

Und er hatte hässliche Flecken auf der weiß gestrichenen Tür hinterlassen.

E aveva lasciato delle brutte macchie sulla porta dipinta di bianco.

Auf einer Seite seines Körpers hingen die Beine zitternd in der Luft.

Le gambe di uno dei suoi fianchi pendevano tremanti nell'aria.

Seine anderen Beine drückten schmerzhaft gegen den Boden.

Le altre gambe erano dolorosamente premute sul pavimento.

Bald würde er vollständig zwischen den Türen eingeklemmt sein.

Presto sarebbe rimasto completamente incastrato tra le porte.

Und dann hätte er sich überhaupt nicht mehr bewegen können.

E allora non sarebbe stato in grado di muoversi affatto.

Doch der Vater gab ihm einen wahrhaft befreienden, starken Anstoß.

Ma il padre gli diede una spinta davvero liberatoria.

Und er stürzte, stark blutend, tief in sein Zimmer hinein.

E cadde, sanguinando copiosamente, nella sua stanza.

Der Vater knallte die Tür hinter sich mit seinem Stock zu.

Il padre sbatté la porta dietro di sé con il bastone.

Und dann kehrte endlich wieder Ruhe ein.

E poi finalmente tornò un po' di pace e tranquillità.

<h1 style="text-align:center">Teil Zwei</h1>

Parte seconda

Gregor wachte erst viel später am Tag auf.

Gregor si svegliò solo molto più tardi.

Die Dämmerung war hereingebrochen; er hatte tief und fest geschlafen.

Era calato il crepuscolo; aveva dormito profondamente e in modo incosciente.

Er wäre auch ohne Störung aufgewacht.

Si sarebbe svegliato anche senza essere disturbato.

Denn er fühlte sich ausreichend ausgeruht und gut geschlafen.

Perché si sentiva sufficientemente riposato e aveva dormito bene.

Aber er glaubte, draußen flüchtige Schritte zu hören.

Ma gli sembrò di sentire dei passi fugaci all'esterno.

Und vielleicht hat jemand die Haustür sorgfältig geschlossen.

E qualcuno potrebbe aver chiuso con cura la porta d'ingresso.

Das Licht der elektrischen Straßenbahn lag blass an der Decke.

La luce del tram elettrico era pallida sul soffitto.

Auch die Oberseite der Möbel wurde ein wenig beleuchtet.

Anche la parte superiore del mobile riceveva un po' di luce.

Doch unten am Boden, auf Gregors Höhe, war es dunkel.

Ma laggiù, all'altezza di Gregor, era buio.

Seine Beine schoben ihn langsam wieder in Richtung Tür.

Le sue gambe lo spinsero lentamente di nuovo verso la porta.

Er war sehr neugierig, zu sehen, was dort geschehen war.

Era molto curioso di vedere cosa fosse successo lì.

Seine Kontrolle über seine Fühler war jedoch noch nicht entwickelt.

Ma il suo controllo dei sensori non era ancora sviluppato.

Obwohl er diese neuen Sensoren allmählich zu schätzen begann.

Sebbene avesse iniziato ad apprezzare questi nuovi sensori.

Eine lange, unansehnliche Narbe schien seine linke Seite hinunterzulaufen.

Una lunga e sgradevole cicatrice sembrava percorrergli il fianco sinistro.

Die Narbe fühlte sich an, als würde sie diese Seite seines Körpers einengen.

Sembrava che la cicatrice gli stringesse quel lato del corpo.

Und so musste er buchstäblich auf seinen zwei Beinreihen humpeln.

E così dovette letteralmente zoppicare sulle sue due file di zampe.

Eines seiner Beine war an diesem Morgen schwer verletzt worden.

Quella mattina una delle sue gambe era rimasta gravemente ferita.

Es war wirklich ein Wunder, dass er sich nicht noch mehr Beine gebrochen hatte.

Fu davvero un miracolo che non si fosse rotto altre gambe.

Und so schleppte er sein verletztes Bein leblos hinter sich her.

E così si trascinò dietro la gamba ferita, ormai senza vita.

Als er die Tür erreichte, erkannte er etwas Tiefgreifendes.

Quando arrivò alla porta, si rese conto di qualcosa di profondo.

Es war der Geruch von etwas, der ihn dorthin gelockt hatte.

Era l'odore di qualcosa che lo aveva attirato lì.

In Gregors Zimmer war etwas Essbares für ihn hinterlassen worden.

Nella sua stanza era stato lasciato qualcosa di commestibile per Gregor.

Stückchen Weißbrot schwimmen in einer Schüssel mit süßer Milch.

Pezzi di pane bianco che galleggiano in una ciotola di latte dolce.

Er konnte seine innere Freude kaum verbergen.

Non riusciva quasi a contenere la gioia che provava dentro di sé.

Er war jetzt noch hungriger als am Morgen.

Adesso aveva ancora più fame di quella mattina.

Er tauchte sofort seinen Kopf in die Schüssel mit Milch.

Immerse subito la testa nella ciotola del latte.

Die Milch quoll ihm fast über den ganzen Kopf, bis zu den Augen.

Il latte gli usciva dalla testa fino agli occhi.

Doch schon bald riss er den Kopf zurück, bitter enttäuscht.

Ma subito ritirò la testa, amaramente deluso.

Das Essen war aufgrund seiner empfindlichen linken Seite schwierig.

Mangiare era difficile a causa del suo lato sinistro delicato.

Und er konnte nur essen, indem er mit dem ganzen Körper keuchte.

E riusciva a mangiare solo ansimando con tutto il corpo.

Das war jedoch nicht der wahre Grund für seine Enttäuschung.

Ma non era questa la vera ragione della sua delusione.

Milch war schon immer eines seiner Lieblingsgerichte gewesen.

Il latte era sempre stato uno dei suoi piatti preferiti.

Er hatte keinen Zweifel daran, dass seine Schwester sich daran erinnerte.

Non aveva dubbi che sua sorella se ne ricordasse.

Und das war der Grund, warum sie ihm Milch gegeben hatte.

Ed era per questo che gli aveva dato il latte.

Er konnte nicht erklären, warum er Milch jetzt nicht mehr mochte.

Non era in grado di spiegare perché ora non gli piaceva più il latte.

Und er wandte sich fast widerwillig von der Schüssel ab.

E si allontanò dalla ciotola quasi con riluttanza.

Enttäuscht kroch er zurück in die Mitte des Raumes.

Deluso, tornò strisciando al centro della stanza.

Hier konnte er durch den Türspalt hindurchsehen.

Qui riuscì a vedere attraverso la fessura della porta.

Er konnte sehen, dass im Wohnzimmer das Feuer brannte.
Poteva vedere che il fuoco nel soggiorno era acceso.
Gewöhnlich las der Vater um diese Zeit die Zeitung.
Di solito a quest'ora il padre leggeva il giornale.
Er las seiner Mutter immer mit erhobener Stimme vor.
Lui era solito leggere alla madre a voce alta.
Manchmal lauschte auch die Schwester dem Vater.
A volte anche la sorella ascoltava il padre.
Sie hatte Gregor immer von diesem Vorlesen erzählt.
Aveva sempre raccontato ad alta voce a Gregor di questa lettura.
Doch heute war aus dem Zimmer kein Laut zu hören.
Ma oggi non proveniva alcun suono dalla stanza.
Vielleicht war diese Gewohnheit bereits in Vergessenheit geraten.
Forse questa abitudine era già caduta in disuso.
Eine tiefe Stille hatte sich über die gesamte Wohnung gelegt.
Un profondo silenzio era calato sull'intero appartamento.
Obwohl er wusste, dass die Wohnung ganz sicher nicht leer war.
Sebbene sapesse che l'appartamento non era certamente vuoto.
„Was für ein ruhiges Leben die Familie doch führte", dachte Gregor.
"Che vita tranquilla conduceva la famiglia", pensò Gregor.
Und er blickte mit großem Stolz in die Dunkelheit.
E fissava l'oscurità con grande orgoglio.
Er war stolz auf das Leben, das er ihnen hatte ermöglichen können.
Era orgoglioso della vita che era riuscito a dare loro.
Er war stolz auf die schöne Wohnung, in der sie lebten.
Era orgoglioso del bellissimo appartamento in cui vivevano.
Doch sollte dieser Frieden nun ein schreckliches Ende nehmen?
Ma tutta questa pace stava per finire in modo terribile?
Würde man ihnen ihren Wohlstand nehmen?
La loro prosperità sarebbe stata loro sottratta?

War ihre Zufriedenheit nun in Zukunft ungewiss?

La loro soddisfazione futura era ormai incerta?

Doch er wollte sich nicht in solchen Gedanken verlieren.

Ma non voleva perdersi in tali pensieri.

Um sich die Zeit zu vertreiben, kroch er die Wände rauf und runter.

Per tenersi occupato, strisciava su e giù lungo i muri.

Im Laufe des langen Abends wurde eine Tür einen Spalt breit geöffnet.

Durante la lunga serata una porta rimase leggermente aperta.

Und zu einem anderen Zeitpunkt öffnete sich die andere Tür einen Spaltbreit.

E un'altra volta l'altra porta si aprì un po'.

Doch beide Male wurden die Türen schnell wieder geschlossen.

Ma entrambe le volte le porte vennero subito richiuse.

Offenbar hatte jemand draußen den Wunsch, hereinzukommen.

Era chiaro che qualcuno dall'esterno desiderava entrare.

Aber sie hatten auch zu viele Bedenken, hereinzukommen.

Ma avevano anche troppe preoccupazioni riguardo al loro arrivo.

Gregor blieb nun direkt vor der Wohnzimmertür stehen.

Gregor si fermò proprio davanti alla porta del soggiorno.

Er war fest entschlossen, den zögernden Besucher irgendwie zu verführen.

Era determinato a tentare in qualche modo il visitatore esitante.

Und er wollte auch wissen, wer der Besucher gewesen war.

E voleva anche sapere chi era stato il visitatore.

Doch an diesem Abend wurde die Tür kein drittes Mal geöffnet.

Ma quella sera la porta non venne aperta una terza volta.

Und Gregor verbrachte seine Zeit vergeblich damit, an der Tür zu warten.

E Gregor trascorse invano il suo tempo ad aspettare sulla porta.

Früher am Tag wollten sie alle in den Raum kommen.
Quel giorno tutti volevano entrare nella stanza.
Jetzt, da die Türen unverschlossen waren, würde es ihnen leichter fallen.
Ora che le porte erano sbloccate, sarebbe stato più facile per loro.
Aber sie entschieden sich dafür, auf der anderen Seite des Raumes zu bleiben.
Ma scelsero di restare dall'altra parte della stanza.
Gregor bemerkte, dass die Schlüssel nicht mehr in ihren Schlössern steckten.
Gregor notò che le chiavi non erano più nelle serrature.
Jemand muss die Schlüssel zum Außenschloss umgesteckt haben.
Qualcuno deve aver spostato le chiavi nella serratura esterna.
Erst spät in der Nacht wurde das Licht im Wohnzimmer ausgeschaltet.
Solo a tarda notte la luce del soggiorno veniva spenta.
Die Familie muss die ganze Zeit wach geblieben sein.
La famiglia deve essere rimasta sveglia per tutto il tempo.
Und Gregor konnte deutlich hören, wie sie sich auf Zehenspitzen davonschlichen.
E Gregor li sentiva chiaramente allontanarsi in punta di piedi.
Nun würde bis zum Morgen niemand zu Gregor kommen.
Ora nessuno sarebbe andato da Gregor fino al mattino.
So hatte er lange Zeit für sich, um ungestört nachzudenken.
Così ebbe molto tempo per sé, per pensare indisturbato.
Wie könnte man sein Leben jetzt am besten neu ordnen?
Quale sarebbe il modo migliore per riorganizzare la sua vita adesso?
Doch die hohen Wände des leeren Zimmers ängstigten ihn.
Ma le alte pareti della stanza vuota lo spaventavano.
Ihm blieb keine andere Wahl, als sich flach auf den Boden zu legen.
Non ebbe altra scelta che sdraiarsi a terra.
Und er fand in diesem Raum niemals die Ursache seiner Angst.

E non trovò mai la causa della sua paura in quello spazio.

Es war dasselbe Zimmer, in dem er seit fünf Jahren lebte.

Era la stessa stanza in cui aveva vissuto per cinque anni.

Halb bewusst machte er eine Bewegung in Richtung Sofa.

Senza rendersene conto, fece un movimento verso il divano.

Und ohne jede Scham versteckte er sich unter dem Sofa.

E senza alcuna vergogna si nascose sotto il divano.

Dort unten fühlte er sich sofort wieder sehr wohl.

Laggiù si sentì subito di nuovo molto a suo agio.

Obwohl sein Rücken etwas gequetscht war.

Nonostante avesse la schiena un po' schiacciata.

Auch unter dem Sofa konnte er seinen Kopf nicht mehr heben.

Non riusciva più ad alzare la testa nemmeno sotto il divano.

Aber selbst das zog er einem Aufenthalt im Freien vor.

Ma preferiva anche questo piuttosto che trovarsi in uno spazio aperto.

Er bedauerte jedoch, dass sein Körper so breit war.

Tuttavia, si rammaricava che il suo corpo fosse così largo.

Das Sofa konnte seinen ganzen Körper nicht vollständig bedecken.

Il divano non riusciva a coprire completamente tutto il suo corpo.

Er blieb die ganze Nacht unter dem Sofa.

Rimase sotto il divano per tutta la notte.

Die Nacht verbrachte er halb schlafend, geplagt von seinem Hunger.

Trascorse la notte mezzo addormentato, disturbato dalla fame.

Und die Zeit, die er wach war, verbrachte er entweder in Sorgen oder in Hoffnung.

E il tempo trascorso sveglio lo trascorreva o preoccupato o speranzoso.

Doch all seine vagen Hoffnungen führten zu demselben Schluss.

Ma tutte le sue vaghe speranze portarono alla stessa conclusione.

Ihm blieb nichts anderes übrig, als vorerst zu schweigen.

Per il momento non aveva altra scelta che restare in silenzio.
Er musste der Familie gegenüber Geduld und Rücksichtnahme zeigen.
Doveva mostrare pazienza e considerazione verso la famiglia.
Es war die einzige Möglichkeit, die Unannehmlichkeiten erträglich zu machen.
Era l'unico modo per rendere sopportabile l'inconveniente.
Die Unannehmlichkeiten, die er nun der Familie auferlegte.
L'inconveniente che ora stava imponendo alla famiglia.
Er musste nicht lange warten, um sein Mitgefühl unter Beweis zu stellen.
Non dovette aspettare molto per dimostrare la sua compassione.
Früh am Morgen schaute die Schwester in sein Zimmer.
La mattina presto la sorella guardò nella sua stanza.
Obwohl es eigentlich genauso viel Nacht wie Morgen war.
Anche se in realtà era tanto notte quanto mattina.
Sie war vollständig angezogen und schien aufgeregt zu sein.
Era completamente vestita e sembrava mostrare eccitazione.
Die Tragfähigkeit seiner neu getroffenen Entscheidung könnte sich bewähren.
La solidità della sua nuova decisione potrebbe essere messa alla prova.
Sie entdeckte ihn nicht sofort auf Anhieb.
Non lo riconobbe subito al primo sguardo.
Er musste irgendwo sein; weggeflogen konnte er nicht sein.
Doveva essere da qualche parte; non poteva essere volato via.
Doch dann schweifte ihr Blick ein zweites Mal durch den Raum.
Ma poi i suoi occhi percorsero di nuovo la stanza.
Und dieses Mal entdeckte sie seinen Oberkörper unter dem Sofa.
E questa volta notò il suo torso sotto il divano.
Sie war so verängstigt, dass sie jegliche Selbstbeherrschung verlor.
Era così spaventata che perse ogni controllo.
Und ihre erste Reaktion war, die Tür wieder zuzuschlagen.

E la sua prima reazione fu quella di sbattere di nuovo la porta.

Doch sie schien ihr Verhalten auch sofort zu bereuen.

Ma sembrò anche pentirsi subito del suo comportamento.

Kaum hatte sie die Tür zugeschlagen, öffnete sie sie auch schon wieder.

Non appena sbatté la porta, la riaprì.

Und diesmal schlich sie sich leise auf Zehenspitzen in den Raum.

E questa volta entrò nella stanza in punta di piedi.

Sie bewegte sich, als ob sie eine schwerkranke Person besuchen würde.

Si muoveva come se stesse visitando una persona gravemente malata.

Oder sie könnte einen völlig Fremden besucht haben.

Oppure potrebbe essere andata a trovare un perfetto sconosciuto.

Gregor drückte seinen Kopf fast bis an den Rand des Sofas.

Gregor spinse la testa quasi fino al bordo del divano.

Und von unterhalb des Tresors beobachtete er sie im Zimmer.

E da sotto la cassaforte la osservava nella stanza.

Würde sie bemerken, dass er die Milch stehen gelassen hatte?

Si sarebbe accorta che lui aveva lasciato il latte?

Er hatte die Milch nicht etwa aus Mangel an Hunger stehen gelassen.

Non aveva abbandonato il latte perché non aveva fame.

Wollte sie ihm stattdessen anderes Essen bringen?

Avrebbe dovuto portargli del cibo diverso?

Vielleicht ein Gericht, das seinen Vorlieben besser entsprach.

Forse un piatto che si adattava meglio ai suoi gusti.

Aber sie hätte seinen Appetit selbst bemerken müssen.

Ma lei stessa avrebbe dovuto accorgersi del suo appetito.

Er wäre lieber verhungert, als sie davon erfahren zu lassen.

Avrebbe preferito morire di fame piuttosto che farglielo sapere.

Eigentlich hätte er es ihr sehr gerne gesagt.
In realtà gli sarebbe piaciuto molto dirglielo.
Er war wirklich versucht, unter dem Sofa hervorzuschießen.
Era davvero tentato di sparare fuori da sotto il divano.
Er wollte sich seiner Schwester zu Füßen werfen.
Voleva gettarsi ai piedi della sorella.
Und er wollte sie um etwas Leckeres zu essen bitten.
E voleva chiederle qualcosa di buono da mangiare.
Doch dann blickte die Schwester zu der Schüssel mit Milch.
Ma poi la sorella guardò verso la ciotola del latte.
Sie bemerkte sofort, dass die Schüssel noch voll war.
Notò subito che la ciotola era ancora piena.
Sie war ziemlich überrascht, dass Gregor nichts gegessen hatte.
Era piuttosto sorpresa che Gregor non avesse mangiato nulla.
Nur ein wenig Milch war auf den Boden verschüttet worden.
Sul pavimento era caduto solo un po' di latte.
Sie nahm sofort die Schüssel und trug sie hinaus.
Prese subito la ciotola e la portò fuori.
Er sah, dass sie die Schüssel nicht mit bloßen Händen aufgehoben hatte.
Vide che non prendeva la ciotola a mani nude.
Stattdessen hob sie die Schüssel mit einem der Lappen hoch.
Invece raccolse la ciotola usando uno degli stracci.
Gregor vergaß dieses kleine Detail jedoch sehr schnell.
Ma Gregor dimenticò molto presto questo piccolo dettaglio.
Er war nun von etwas ganz anderem viel begeisterter.
Ora era molto più eccitato per qualcos'altro.
Was könnte sie als Ersatz für die Milch mitbringen?
Cosa potrebbe portare in sostituzione del latte?
Er hatte verschiedene Vermutungen darüber, was sie wohl mitbringen könnte.
Aveva vari pensieri su cosa avrebbe potuto portare.
Doch die Güte seiner Schwester übertraf seine Erwartungen.
Ma la gentilezza della sorella superò le sue aspettative.
Ihr wurde klar, dass sie herausfinden musste, was seine neuen Vorlieben waren.

Si rese conto che doveva testare i suoi nuovi gusti.

Deshalb brachte sie eine ganze Auswahl an verschiedenen Speisen mit.

Così portò un'ampia scelta di cibi diversi.

Halbverfaultes Gemüse, Knochen vom Abendessen.

Verdure mezze marce, ossa della cena.

Die eingedickte Soße von der anderen Mahlzeit, die sie gegessen hatten.

Salsa solidificata dell'altro pasto che avevano mangiato.

Ein paar Rosinen, einige Mandeln, trockenes Brot, Butterbrot.

Un po' di uvetta, qualche mandorla, pane secco, pane al burro.

Etwas Brot, das mit Butter bestrichen und gesalzen war.

Del pane imburrato e salato.

Käse, den Gregor vor zwei Tagen noch für ungenießbar erklärt hatte.

Formaggio che Gregor aveva dichiarato immangiabile due giorni prima.

Die gesamte Auswahl an Speisen wurde auf einer Zeitung ausgelegt.

Tutta questa selezione di cibo è stata pubblicata su un giornale.

Und sie stellte auch eine Schüssel mit Wasser neben seine Mahlzeiten.

E mise anche una ciotola d'acqua accanto ai suoi pasti.

Sie wusste, dass Gregor nicht vor ihr gegessen hätte.

Sapeva che Gregor non avrebbe mangiato davanti a lei.

Aus Respekt vor ihm verließ sie deshalb wieder den Raum.

Così, per rispetto nei suoi confronti, lasciò di nuovo la stanza.

Und sie hat beim Weggehen sogar den Schlüssel im Schloss umgedreht.

E girò perfino la chiave nella serratura mentre usciva.

Aber sie drehte den Schlüssel ganz leise und vorsichtig um.

Ma girò la chiave molto silenziosamente e con cautela.

Auf diese Weise würde nur Gregor wissen, dass die Tür verschlossen war.

In questo modo solo Gregor avrebbe saputo che la porta era chiusa a chiave.

Nun konnte er es sich so bequem machen, wie er wollte.

Ora poteva mettersi comodo quanto voleva.

Gregors Beine surrten, als es Zeit zum Essen war.

Quando arrivò il momento di mangiare, le gambe di Gregor ronzavano.

Bemerkenswert ist, dass er keinerlei Beschwerden mehr verspürte.

È degno di nota il fatto che non provasse più alcun fastidio.

Seine Wunden müssen bereits vollständig verheilt sein.

Le sue ferite devono essere già completamente guarite.

Weil er seine früheren Behinderungen nicht mehr spürte.

Perché non sentiva più le sue precedenti disabilità.

Seine neue Fähigkeit zu heilen überraschte und verblüffte ihn.

La sua nuova capacità di guarire lo sorprese e lo stupì.

Vor mehr als einem Monat schnitt er sich mit einem Messer in den Finger.

Più di un mese fa si è tagliato un dito con un coltello.

Bis vor zwei Tagen schmerzte ihn diese Wunde noch.

Fino a due giorni fa quella ferita gli faceva ancora male.

„Bin ich jetzt viel weniger empfindlich?", dachte er bei sich.

"Sono molto meno sensibile adesso?" pensò tra sé.

Inzwischen lutschte er gierig an dem Käse.

A questo punto stava già succhiando avidamente il formaggio.

Er fühlte sich vom Käse mehr angezogen als von den anderen Speisen.

Era attratto dal formaggio più che dagli altri alimenti.

Er aß schnell ein Stück Käse nach dem anderen.

Mangiò velocemente un pezzo di formaggio dopo l'altro.

Beim Genuss des Geschmacks traten ihm vor Zufriedenheit die Tränen in die Augen.

I suoi occhi si riempirono di lacrime di soddisfazione per il sapore.

Nach dem Käse aß er das Gemüse und die Soße.

Dopo il formaggio mangiò le verdure e la salsa.

Das frische Essen schmeckte ihm jedoch nicht.

Tuttavia il cibo fresco non gli piaceva.

Tatsächlich konnte er nicht einmal den Geruch von frischen Lebensmitteln ertragen.

In realtà non sopportava nemmeno l'odore del cibo fresco.

Er hat sogar die anderen Lebensmittel von den frischen Lebensmitteln weggezerrt.

Trascinava via anche gli altri alimenti da quelli freschi.

Und im Nu hatte er auch noch das Essbare aufgegessen.

E molto rapidamente finì il cibo più commestibile.

Das ganze leckere Essen hatte eine schläfrig machende Wirkung auf ihn.

Tutto quel cibo delizioso aveva su di lui un effetto soporifero.

Und er lag träge an der Stelle, wo er gegessen hatte.

E si sdraiò pigramente nel posto dove aveva mangiato.

Schließlich kam seine Schwester zurück, um noch einmal nach ihm zu sehen.

Alla fine sua sorella tornò a controllare di nuovo come stava.

Sie hatte die Weitsicht, den Schlüssel ganz langsam umzudrehen.

Ebbe la lungimiranza di girare la chiave molto lentamente.

Dies war für Gregor ein Warnsignal, sich zurückzuziehen.

Ciò diede a Gregor l'avvertimento di ritirarsi.

Benommen und erschrocken huschte er zurück unter das Sofa.

Stordito e spaventato, tornò di corsa sotto il divano.

Doch diesmal war es nicht so einfach, unter dem Sofa zu bleiben.

Ma questa volta restare sotto il divano non è stato così facile.

Sein Körper war durch das viele Essen etwas runder geworden.

Il suo corpo era diventato un po' arrotondato a causa di tutto quel cibo.

Und er musste sich beherrschen, nicht wieder auszulaufen.

E dovette controllarsi per non scappare di nuovo.

Auch wenn die Schwester nicht lange im Zimmer blieb.

Anche se la sorella non rimase a lungo nella stanza.

In dem engen Raum rang er nach Luft.

Faceva fatica a respirare in quello spazio angusto.

Doch er überwand die kurzen Anfälle von Atemnot.

Ma riuscì a superare i piccoli attacchi di soffocamento.

Mit aufgerissenen Augen beobachtete er die Aktivitäten der Schwester.

Con gli occhi sbarrati osservava le attività della sorella.

Die ahnungslose Schwester schüttete alles in einen Eimer.

La sorella ignara versò tutto in un secchio.

Sie entsorgte nicht nur das Essen, das Gregor nicht gegessen hatte.

Non solo si sbarazzò del cibo che Gregor non aveva mangiato.

Aber sie entsorgte auch das Essen, das er nicht angerührt hatte.

Ma si sbarazzò anche del cibo che lui non aveva toccato.

Offenbar war dieses Essen nun für niemanden mehr genießbar.

A quanto pare quel cibo non era più commestibile per nessuno.

Anschließend verschloss sie den Futtereimer mit einem Holzdeckel.

Poi chiuse il secchio del cibo con un coperchio di legno.

Und mit dem Essen, dem Eimer und dem Wischmopp ging sie.

E con il cibo, il secchio e lo straccio, se ne andò.

Gregor hätte nicht mehr lange warten können.

Gregor non avrebbe potuto aspettare ancora a lungo.

Sobald sie weg war, entkam er unter dem Sofa hervor.

Non appena lei se ne fu andata, lui scappò da sotto il divano.

Und er streckte sich aus und atmete erleichtert auf.

E si stirò e sbuffò di sollievo.

So erhielt Gregor von nun an regelmäßig seine Nahrung.

Era così che Gregor riceveva il cibo di tanto in tanto.

Seine Schwester gab ihm einmal früh am Morgen etwas zu essen.

Una volta, la mattina presto, sua sorella gli diede da mangiare.

Zu dieser Stunde schliefen die Eltern und das
Dienstmädchen noch.
A quell'ora i genitori e la domestica dormivano ancora.
Und er erhielt eine zweite Mahlzeit, nachdem alle anderen
bereits zu Mittag gegessen hatten.
E ricevette un secondo pasto dopo che tutti ebbero pranzato.
Denn zu dieser Zeit schliefen die Eltern auch eine Weile.
Perché a quell'ora anche i genitori dormivano per un po'.
Und das Dienstmädchen wurde von der Schwester mit einer
Besorgung weggeschickt.
E la cameriera fu mandata via dalla sorella per una
commissione.
Sie hatten ganz sicher nicht die Absicht, Gregor verhungern
zu lassen.
Di certo non avevano intenzione di far morire di fame Gregor.
Aber sie hätten ihm auch nicht beim Essen zusehen wollen.
Ma non avrebbero voluto nemmeno vederlo mangiare.
Die Angaben der Schwester reichten als Information aus.
Ciò che la sorella ha menzionato era un'informazione
sufficiente.
Vielleicht war es ihre Art, den Eltern den Kummer zu
ersparen.
Forse era il suo modo di risparmiare il dolore ai genitori.
Sie hatten unter seinen Taten schon genug gelitten.
Avevano già sofferto abbastanza a causa delle sue azioni.

Der erste Tag verblasste langsam zu einer fernen
Erinnerung.
Il primo giorno stava lentamente diventando un lontano
ricordo.
Gregor hatte keine Möglichkeit zu erfahren, was an diesem
Tag geschah.
Gregor non aveva modo di sapere cosa fosse successo quel
giorno.
Wie wurde der Schlüsseldienstmitarbeiter aus der Wohnung
geleitet?
Come è stato guidato il fabbro fuori dall'appartamento?

Mit welchen Ausreden war der Arzt schließlich zufrieden?
Con quali scuse il medico fu finalmente soddisfatto?
Er hatte keinen Weg gefunden, sich verständlich zu machen.
Non aveva trovato alcun modo per farsi capire.
Es gelang ihm nicht einmal, mit seiner Schwester zu kommunizieren.
Non è riuscito nemmeno a comunicare con sua sorella.
Und so dachten sie, er könne sie nicht verstehen.
E così pensavano che non potesse capirli.
Und deshalb wurde auch kein Versuch unternommen, mit ihm zu sprechen.
E quindi non fu fatto alcun tentativo di parlargli.
Seine Schwester kam jeden Morgen und jeden Mittag in sein Zimmer.
Sua sorella veniva nella sua stanza ogni mattina e a pranzo.
Doch er musste sich damit begnügen, ihre Seufzer zu hören.
Ma dovette accontentarsi di sentire i suoi sospiri.
Später gewöhnte sie sich dann doch etwas mehr an Gregors Gestalt.
Più tardi si abituò un po' di più alla forma di Gregor.
Und sie fühlte sich etwas freier, weitere Bemerkungen zu machen.
E si sentì un po' più libera di fare più osservazioni.
(Obwohl sie sich nie ganz an ihn gewöhnen würde.)
(Sebbene non si sarebbe mai abituata completamente a lui.)
Und dann fühlte sich Gregor wieder etwas mehr angesprochen.
E poi Gregor si sentì di nuovo un po' più interpellato.
Und er nahm wahr, was er als freundliche Kommentare empfand.
E colse quelli che percepiva come commenti amichevoli.
„Ihm hat das Essen heute geschmeckt" oder „Er hat alles aufgegessen".
"Oggi gli è piaciuto il cibo" oppure "ha mangiato tutto".
Das war aber erst der Fall, nachdem er sein gesamtes Essen aufgegessen hatte.
Ma questo accadde solo dopo aver finito tutto il cibo.

Doch in letzter Zeit kam dies immer seltener vor.

Ma ultimamente questo fenomeno stava diventando sempre più raro.

„Er hat sein Essen kaum angerührt", sagte sie jetzt immer öfter.

"Non toccava quasi mai il cibo", diceva più spesso ora.

Und jedes Mal schwang ein Hauch von Traurigkeit in ihrer Stimme mit.

E ogni volta c'era un tocco di tristezza nella sua voce.

Gregor konnte keine anderen Nachrichten direkter empfangen.

Gregor non riuscì a sentire altre notizie in modo più diretto.

Aber er hörte viele Neuigkeiten aus den angrenzenden Zimmern mit.

Ma sentì molte notizie provenire dalle stanze adiacenti.

Als er Stimmen hörte, rannte er zur entsprechenden Tür.

Quando sentì delle voci corse alla porta corrispondente.

Und er presste seinen ganzen Körper gegen die Tür, um zu hören.

E premette tutto il corpo contro la porta per sentire.

Alle Gespräche drehten sich in irgendeiner Weise um ihn.

Tutte le conversazioni lo riguardavano in un modo o nell'altro.

Selbst wenn es scheinbar um etwas ganz anderes ging.

Anche quando l'argomento sembrava riguardare qualcos'altro.

Diese Beobachtung traf insbesondere in der Anfangszeit zu.

Questa osservazione era particolarmente vera nei primi tempi.

Bei jeder Mahlzeit wiederholten sie die gleiche Diskussion.

Durante ogni pasto ripetevano la stessa discussione.

Sie waren sich noch immer unsicher, wie sie sich ihm gegenüber verhalten sollten.

Non sapevano ancora come comportarsi con lui.

Das gleiche Thema wurde aber auch zwischen den Mahlzeiten besprochen.

Ma lo stesso argomento veniva discusso anche tra un pasto e l'altro.

Weil immer zwei Familienmitglieder zu Hause waren.

Perché in casa c'erano sempre due membri della famiglia.

Niemand wollte allein im Haus bleiben.
Nessuno voleva restare in casa da solo.
Aber die Wohnung leer stehen zu lassen, kam auch nicht in Frage.
Ma lasciare l'appartamento vuoto era fuori questione.
Das Dienstmädchen war die Einzige, die nicht an die Wohnung gebunden war.
La cameriera era l'unica persona non vincolata all'appartamento.
Sie hatte bereits am ersten Tag darum gebeten, gehen zu dürfen.
Aveva già chiesto di andarsene il primo giorno.
Sie kniete nieder und flehte darum, entlassen zu werden.
Si inginocchiò e implorò di essere congedata.
Die Familie wusste nicht, wie viel das Dienstmädchen tatsächlich wusste.
La famiglia non sapeva quanto effettivamente sapesse la cameriera.
Zu diesem Zeitpunkt hatte sie nicht mehr gesehen als alle anderen.
A quel punto non aveva visto più di chiunque altro.
Was geschehen war, blieb der Familie weiterhin ein Rätsel.
Ciò che era accaduto era ancora un mistero per la famiglia.
Doch eine Viertelstunde später verabschiedete sie sich.
Ma un quarto d'ora dopo mi salutò.
Und sie dankte der Familie mit Tränen in den Augen.
E ringraziò la famiglia con le lacrime agli occhi.
Aber eigentlich dankte sie ihnen dafür, dass sie sie freigelassen hatten.
Ma in realtà li ringraziò per averla liberata.
Sie schienen ihr größte Freundlichkeit entgegengebracht zu haben.
Sembrava che le avessero dimostrato la massima gentilezza.
Sie leistete sogar einen Eid, ohne dazu aufgefordert worden zu sein.
Fece persino un giuramento, senza che glielo chiedessero.
Sie sagte, sie würde niemandem erzählen, was passiert war.

Ha detto che non avrebbe raccontato a nessuno cosa era successo.

Nun musste die Schwester zusammen mit ihrer Mutter kochen.

Ora la sorella doveva cucinare insieme alla madre.

Das war aber keine allzu große Unannehmlichkeit.

Ma in realtà non si è trattato di un inconveniente così grave.

Weil die beiden sowieso fast nichts aßen.

Perché in ogni caso entrambi non mangiavano quasi nulla.

Immer und immer wieder hörte Gregor dasselbe Gespräch mit.

Gregor sentiva ripetutamente la stessa conversazione.

Einer der beiden sagte dem anderen, er müsse mehr essen.

Una persona diceva all'altra che doveva mangiare di più.

Diese Person erhielt jedoch keine Antwort von der betreffenden Person.

Ma quella persona non ha ricevuto alcuna risposta dalla persona.

„Danke, ich habe genug", oder etwas Ähnliches.

"Grazie, ne ho abbastanza", o qualcosa di simile.

Vielleicht tranken sie auch gar nichts mehr.

Forse non bevevano più niente.

Die Schwester fragte ihren Vater oft, ob er Bier wolle.

La sorella chiedeva spesso al padre se voleva della birra.

Und sie bot freundlicherweise an, das Bier selbst zu holen.

E si offrì gentilmente di andare a prendere la birra lei stessa.

Der Vater schwieg auf ihre Bitte hin stets.

Il padre rimase sempre in silenzio di fronte alla sua richiesta.

Die Schwester musste also einen Weg finden, jeden Zweifel auszuräumen.

Quindi la sorella dovette trovare un modo per dissipare ogni dubbio.

Und sie sagte, sie würde das Dienstmädchen losschicken, um Bier zu holen.

E disse che avrebbe mandato la cameriera a prendere della birra.

Doch dann sagte der Vater schließlich ein lautes, deutliches „Nein".

Ma poi il padre alla fine disse un sonoro "no".

Das Thema, dass er ein Bier trank, wurde danach nicht mehr erwähnt.

Poi non si è più parlato del fatto che lui bevesse una birra.

Er hatte die finanzielle Situation bereits zuvor erläutert.

Aveva già spiegato in precedenza la situazione finanziaria.

Tatsächlich sprach er schon am ersten Tag über Finanzen.

Infatti, ha menzionato le finanze fin dal primo giorno.

Er machte ihnen die Aussichten deutlich.

Li rese ben consapevoli di quali fossero le prospettive.

Sein eigenes Unternehmen war vor etwa fünf Jahren zusammengebrochen.

La sua attività era fallita circa cinque anni prima.

Hin und wieder stand er auf, um den Tisch zu verlassen.

Ogni tanto si alzava per lasciare il tavolo.

Und er ging zur Kasse seines alten Geschäfts.

E andò alla cassa della sua vecchia attività.

Aus Sentimentalität hatte er die Kasse aufgehoben.

Aveva conservato il registratore di cassa per sentimentalismo.

Gregor hörte, wie er ein schweres und kompliziertes Schloss öffnete.

Gregor lo sentì aprire una serratura pesante e complicata.

Und er holte Quittungen und Bücher aus der Kasse.

E tirò fuori le ricevute e i libri dalla cassa.

Nachdem er die Gegenstände an sich genommen hatte, schloss er die Geldkassette wieder ab.

Dopo aver preso gli oggetti, chiuse di nuovo la cassetta dei contanti.

Gregor hatte seit seiner Gefangennahme keine guten Nachrichten mehr erhalten.

Gregor non aveva ricevuto buone notizie da quando era stato imprigionato.

Er glaubte, das Geschäft habe seinen Vater in den Ruin getrieben.

Pensava che l'attività avesse portato suo padre alla bancarotta.

Dieser Eindruck war Gregor vom Vater sicherlich vermittelt worden.
Il padre aveva certamente dato a Gregor questa impressione.
Und Gregor fragte ihn nie wieder nach den Finanzen.
E Gregor non gli chiese più nulla delle finanze.
Gregor wollte alles tun, was er konnte, um der Familie zu helfen.
Gregor voleva fare tutto il possibile per aiutare la famiglia.
Er wollte ihnen helfen, das geschäftliche Unglück zu vergessen.
Voleva aiutarli a dimenticare la sfortuna aziendale.
Der Bankrott, der zur völligen Hoffnungslosigkeit führte.
Il fallimento che ha portato alla completa disperazione.
So begann er mit einer ganz besonderen Leidenschaft zu arbeiten.
così cominciò a lavorare con una passione tutta speciale.
Er war quasi über Nacht zum Handelsreisenden geworden.
Era diventato un commesso viaggiatore quasi da un giorno all'altro.
Davor hatte er lediglich als schlecht bezahlter Angestellter gearbeitet.
Prima di allora aveva lavorato solo come impiegato mal pagato.
Nun boten sich ihm völlig andere Verdienstmöglichkeiten.
Ora aveva opportunità di guadagno completamente diverse.
Erfolgreiche Verkäufe konnten sofort in Bargeld umgewandelt werden.
Le vendite andate a buon fine potrebbero essere immediatamente convertite in denaro.
Das Geld wird natürlich aus seinen Provisionen ausgezahlt.
Il denaro, ovviamente, viene pagato tramite le sue commissioni.
Nun konnte Gregor Geld auf den Familientisch bringen.
Ora Gregor poteva mettere soldi sul tavolo della famiglia.
Und sie waren erstaunt und erfreut über seinen Verdienst.
E rimasero stupiti e felici dei suoi guadagni.
Aber diese schönen Zeiten werden sich nicht wiederholen.

Ma quei bei momenti non si ripeteranno più.

Sie hatten sich gerade erst an diese schönen Zeiten gewöhnt.

Si erano appena abituati a questi bei momenti.

Jeden Zahltag nahm die Familie das Geld dankbar entgegen.

Ogni giorno di paga la famiglia accettava il denaro con gratitudine.

Und Gregor war ebenso gern bereit, das Geld herauszugeben.

E Gregor fu altrettanto felice di consegnare il denaro.

Doch die im Gegenzug entgegengebrachte herzliche Zuneigung erlosch allmählich.

Ma il caldo affetto ricambiato lentamente si spense.

Nur seine Schwester stand Gregor noch so nahe wie zuvor.

Solo la sorella rimase vicina a Gregor come prima.

Im Gegensatz zu Gregor hatte sie eine tiefe Wertschätzung für Musik.

A differenza di Gregor, lei nutriva un profondo apprezzamento per la musica.

Und sie konnte sehr berührend Geige spielen.

E sapeva suonare il violino in modo molto toccante.

Gregor plante insgeheim, sie auf eine Musikschule zu schicken.

Gregor progettava segretamente di mandarla a una scuola di musica.

Er hatte noch nicht entschieden, wie er die Kosten decken würde.

Non aveva ancora deciso come avrebbe pagato le spese.

Aber irgendwie würde er die Kosten decken.

Ma in un modo o nell'altro avrebbe coperto i costi.

Gelegentlich unternahmen Gregor und seine Familie Kurztrips.

Di tanto in tanto Gregor e la famiglia facevano delle brevi gite.

Gregor und seine Schwester sprachen oft über dieses Thema.

Gregor e la sorella sollevavano spesso l'argomento.

Es wurde aber immer nur als eine wunderbare Idee erwähnt.

Ma è stata sempre menzionata come un'idea meravigliosa.

Sie glaubten nicht wirklich, dass der Traum in Erfüllung
gehen könnte.
Non credevano davvero che il sogno potesse realizzarsi.
Und den Eltern gefielen solche fantasievollen Ambitionen
nicht.
E ai genitori non piacevano ambizioni così fantasiose.
Selbst wenn das Thema ganz harmlos angesprochen wurde.
Anche quando l'argomento è stato sollevato in modo molto
innocente.
Gregor dachte aber weiterhin an die Musikschule.
Ma Gregor continuava a pensare alla scuola di musica.
Und er hatte vor, das Geschenk am Heiligabend
anzukündigen.
E aveva intenzione di annunciare il regalo la vigilia di Natale.
In seinem jetzigen Zustand wäre das natürlich unmöglich.
Naturalmente, nelle sue attuali condizioni, sarebbe
impossibile.
Doch solche Gedanken gingen ihm durch den Kopf.
Ma pensieri di questo tipo gli passavano per la testa.
Und solche Gedanken kamen ihm, während er der Familie
zuhörte.
E questi erano i pensieri che gli venivano in mente mentre
ascoltava la famiglia.
Manchmal war er zu müde, um ihnen weiter zuzuhören.
A volte era troppo stanco per continuare ad ascoltarli.
Vor Erschöpfung sank sein Kopf gegen die Tür.
La sua testa cadde contro la porta per la stanchezza.
Doch er legte sofort wieder seinen Kopf gegen die Tür.
Ma subito rimise la testa contro la porta.
Denn selbst das leiseste Geräusch war draußen zu hören.
Perché all'esterno si poteva udire anche il più piccolo rumore.
Und jedes Geräusch, das er machte, brachte die Familie zum
Schweigen.
E qualsiasi rumore facesse avrebbe fatto tacere la famiglia.
„Was macht er denn jetzt?“, fragte der Vater die Familie.
"Cosa sta facendo adesso?" chiese il padre alla famiglia.

Und er ging zur Tür, um nachzusehen, was das Geräusch
verursachte.
E andò alla porta per controllare cosa fosse quel rumore.
Und dann wurde das unterbrochene Gespräch allmählich
wieder aufgenommen.
E poi la conversazione interrotta riprese gradualmente.
Was der Vater aber sagte, überraschte alle auf positive
Weise.
Ma ciò che disse il padre sorprese positivamente tutti.
Gregor erfuhr nun den wahren Stand der Finanzen.
Gregor ora conosceva la vera situazione finanziaria.
Trotz all des Unglücks gab es auch etwas Glück.
Nonostante tutte le disgrazie, ci fu anche un po' di fortuna.
Ein kleines Vermögen aus alten Zeiten war noch vorhanden.
Una piccola fortuna dei vecchi tempi era ancora lì.
Der Vater erklärte die Dinge, musste sich aber wiederholen.
Il padre spiegò le cose, ma dovette ripeterle.
Weil er sich eine Weile nicht mehr mit diesen Dingen
befasst hatte.
Perché da un po' non si occupava più di queste cose.
Und weil die Mutter solche Dinge nicht verstand.
E perché la madre non capiva queste cose.
Die Zinssätze der Bank waren etwas gestiegen.
I tassi di interesse della banca erano leggermente aumentati.
Das unberührte Geld hatte sich stärker erhöht als erwartet.
Il denaro non utilizzato era aumentato più del previsto.
Darüber hinaus hatte Gregor ihnen immer seine Ersparnisse
gegeben.
Inoltre Gregor aveva sempre donato loro i suoi risparmi.
Er hatte nur wenige Gulden für sich behalten.
Aveva sempre tenuto per sé solo pochi fiorini.
Und sein Geld war auch noch nicht vollständig
aufgebraucht.
E i suoi soldi non erano stati utilizzati completamente.
Zusammen hatte sich dieses Geld zu einem kleinen Kapital
angesammelt.

Insieme, questo denaro si era accumulato fino a formare un piccolo capitale.

Gregor nickte hinter seiner Tür eifrig zu der Nachricht.

Gregor, dietro la porta, annuì con entusiasmo alla notizia.

Er war erfreut über diese unerwartete Vorsicht und Sparsamkeit.

Fu compiaciuto da questa inaspettata cautela e frugalità.

Die überschüssigen Mittel hätten zur Tilgung der Schulden verwendet werden können.

I fondi eccedenti avrebbero potuto essere utilizzati per pagare il debito.

Dann hätten sie dem Chef nichts mehr geschuldet.

Allora non avrebbero più dovuto nulla al capo.

Und Gregor hätte schon viel früher eine neue Stelle annehmen können.

E Gregor avrebbe potuto cambiare lavoro molto prima.

Aber so, wie der Vater es arrangiert hatte, war es jetzt viel besser.

Ma ora il modo in cui il padre aveva organizzato le cose era molto migliorato.

Das Geld reichte nicht ganz zum Leben von den Zinsen.

Il denaro non era sufficiente per vivere di interessi.

Und ein Teil des Geldes musste für Notfälle zurückgelegt werden.

E bisognava mettere da parte una parte di denaro per le emergenze.

Das Geld hätte nur für ein oder zwei Jahre gereicht.

Sarebbero stati soldi sufficienti solo per un anno o due.

Das bedeutete, dass jemand Geld verdienen musste, damit sie leben konnten.

Ciò significava che qualcuno doveva guadagnare soldi per permettergli di vivere.

Der Vater war nicht krank und er war stark genug.

Il padre non era malato ed era abbastanza forte.

Doch er war seit mehr als fünf Jahren arbeitslos.

Ma era senza lavoro da più di cinque anni.

Und aufgrund seines Alters hatte er kaum noch Selbstvertrauen.
E, a causa della sua età, aveva poca fiducia in se stesso.
Er hatte in letzter Zeit auch deutlich an Gewicht zugenommen.
Negli ultimi tempi aveva anche messo su molto peso.
Sein Leben war stets mühsam und erfolglos gewesen.
La sua vita è sempre stata dura e senza successi.
Und dies war der erste Urlaub, den er je verbracht hatte.
E questa era stata la prima vacanza che avesse mai fatto.
Und da er nicht beschäftigt war, war er ziemlich ungeschickt geworden.
E senza essere tenuto occupato era diventato piuttosto goffo.
Wäre es besser, wenn die alte Mutter das Geld verdienen würde?
Sarebbe meglio se fosse la vecchia madre a guadagnare i soldi?
Die alte Mutter, die an Asthma litt.
La vecchia madre che soffriva di asma.
Die alte Mutter, die Mühe hatte, die Treppe hinaufzugehen.
La vecchia madre che faceva fatica a salire le scale.
Die alte Mutter, die ihre Zeit damit verbrachte, auf dem Sofa zu liegen.
La vecchia madre che passava il tempo sdraiata sul divano.
Die alte Mutter, die es vorzog, am Fenster zu sitzen.
La vecchia madre che preferiva stare vicino alla finestra.
Damit sie bei Bedarf durchatmen konnte.
Così da poter riprendere fiato quando ne aveva bisogno.
Wäre es besser, wenn die jüngere Schwester das Geld verdienen würde?
Sarebbe meglio se fosse la sorella minore a guadagnare i soldi?
Die Schwester, die mit siebzehn Jahren noch ein Kind war.
La sorella, che a diciassette anni era ancora solo una bambina.
Die Schwester, die nur wenige, bescheidene Freuden hatte.
La sorella che aveva solo pochi modesti piaceri.
Die Schwester, die am liebsten Geige spielte.
La sorella a cui piaceva soprattutto suonare il violino.

Sie wusste, dass ihr bisheriger Lebensstil sehr beneidenswert war;

Sapeva che il suo precedente stile di vita era molto invidiabile;

Sich schick anziehen, ausschlafen, im Haushalt helfen.

Vestirsi bene, svegliarsi tardi, aiutare in casa.

Das Gespräch drehte sich oft um die Notwendigkeit, Geld zu verdienen.

La conversazione spesso si spostava sulla necessità di guadagnare denaro.

Gregor war immer der Erste, der die Tür losließ.

Gregor era sempre il primo a lasciare la porta.

Das Gespräch erfüllte ihn mit Scham und Trauer.

Quella conversazione lo fece sentire pieno di vergogna e di dolore.

Also warf er sich auf das kühle Ledersofa.

Così si gettò sul fresco divano di pelle.

Und den Rest der Nacht verbrachte er oft auf dem Sofa.

E spesso trascorreva il resto della notte sul divano.

Er hat nie wirklich auf dem Sofa geschlafen, auch nicht nachts.

Non dormiva mai veramente sul divano, né di notte.

Oft kratzte er stundenlang an dem Leder.

Spesso si limitava a grattare la pelle per ore e ore.

Manchmal schob er den Sessel ans Fenster.

Altre volte spingeva la poltrona verso la finestra.

Allein dies erforderte von seiner Seite einen erheblichen Aufwand.

Solo questo richiese un grande sforzo da parte sua.

Der Sessel half ihm, auf die Fensterbank zu klettern.

La poltrona lo aiutò a salire sul davanzale della finestra.

Und von dort aus konnte er sich ans Fenster lehnen.

E da lì poté appoggiarsi alla finestra.

Er empfand dabei stets ein großes Gefühl der Freiheit.

Provava un grande senso di libertà nel fare questo.

Vielleicht suchte er nach einem alten, befreienden Gefühl.

Forse stava cercando qualche vecchia sensazione liberatoria.

Doch seine Sehkraft war nicht mehr so scharf wie früher.

Ma la sua vista non era più acuta come un tempo.

Dinge in geringer Entfernung waren verschwommen und undeutlich.

Le cose a una certa distanza erano sfocate e indistinte.

Er konnte das Krankenhaus auf der anderen Straßenseite nicht mehr sehen.

Non riusciva più a vedere l'ospedale dall'altra parte della strada.

Vorher hatte er den Anblick verflucht, jetzt wollte er ihn sehen.

Prima aveva maledetto il panorama, ora voleva vederlo.

Er wusste, dass er in der ruhigen, städtischen Charlottenstraße wohnte.

Sapeva di vivere nella tranquilla e urbana Charlottenstrasse.

Aber vielleicht dachte er, er blicke in die Wüste.

Ma forse pensava di trovarsi nel deserto.

Eine Ödnis, wo grauer Himmel und graue Erde verschmolzen.

Una landa desolata dove il cielo grigio e la terra grigia si fondono.

Zweimal bemerkte die aufmerksame Schwester, dass der Stuhl verschoben worden war.

Per due volte la sorella attenta notò che la sedia si era spostata.

Nachdem sie aufgeräumt hatte, schob sie den Stuhl zurück ans Fenster.

Dopo aver riordinato, spinse la sedia verso la finestra.

Und von nun an ließ sie sogar den Fensterflügel offen.

E da quel momento in poi lasciò persino la finestra aperta.

Gregor wünschte sich sehr, er hätte mit seiner Schwester sprechen können.

Gregor avrebbe davvero voluto poter parlare con sua sorella.

Er wollte ihr für alles danken, was sie für ihn getan hatte.

Voleva ringraziarla per tutto quello che aveva fatto per lui.

Dann hätte er ihre Dienste leichter toleriert.

Allora avrebbe tollerato più facilmente i loro servizi.

Doch so wie die Dinge standen, litt er darunter, dass sie ihm half.

Ma, stando così le cose, lui soffriva perché lei lo aiutava.

Die Schwester versuchte natürlich, die Peinlichkeit zu überspielen.

La sorella, naturalmente, cercò di nascondere l'imbarazzo.

Und sie tat ihr Bestes, so zu tun, als ob sie sich nicht belastet fühlte.

E fece del suo meglio per fingere di non sentirsi oppressa.

Natürlich musste sie das erst einmal üben.

Naturalmente questa è una cosa che ha dovuto prima mettere in pratica.

Und je mehr Zeit verging, desto besser wurde sie darin.

E più passava il tempo, più diventava brava.

Gregor erhielt jedoch auch mehr Zeit, um ihr Täuschungsmanöver zu durchschauen.

Ma a Gregor fu anche concesso più tempo per vedere la sua finzione.

Schon das Betreten seines Zimmers durch sie war für ihn eine Tortur.

Per lui, perfino il suo ingresso nella sua stanza era un calvario.

Kaum war sie eingetreten, rannte sie direkt zum Fenster.

Appena entrata, corse direttamente alla finestra.

Sie nahm sich nicht einmal die Zeit, die Tür zu schließen.

Non si prese nemmeno il tempo di chiudere la porta.

Normalerweise ersparte sie allen den Anblick von Gregors Zimmer.

Di solito risparmiava a tutti la vista della stanza di Gregor.

Und mit hastigen Händen riss sie das Fenster auf.

E spalancò la finestra con mani frettolose.

Dann atmete sie wieder, als ob sie erstickt wäre.

Poi riprese a respirare come se stesse soffocando.

Die einströmende Luft war kalt, und sie atmete tief durch.

L'aria che entrava era fredda e lei respirò profondamente.

Dennoch blieb sie noch eine Weile am Fenster stehen.

Ma nonostante ciò rimase per un po' vicino alla finestra.

Mit dieser Routine ängstigte sie Gregor zweimal täglich.

Con questa routine spaventava Gregor due volte al giorno.

Während sie im Zimmer war, zitterte er unter dem Sofa.

Mentre lei era nella stanza, lui tremava sotto il divano.

Er wusste, dass sie ihm diese Tortur gern erspart hätte.

Sapeva che lei avrebbe voluto risparmiargli quella dura prova.

Aber sie konnte nicht in dem Zimmer sein, wenn das Fenster geschlossen war.

Ma non poteva restare nella stanza con la finestra chiusa.

Einmal kam sie etwas früher.

Una volta arrivò un po' prima.

Vermutlich etwa einen Monat nach Gregors Verwandlung.

Probabilmente circa un mese dopo la trasformazione di Gregor.

Sie hatte sich ein wenig an sein neues Aussehen gewöhnt.

Si era in qualche modo abituata al suo nuovo aspetto.

Sie hatte also keinen Grund mehr, besonders schockiert zu sein.

Quindi non aveva più motivo di essere particolarmente scioccata.

Sie fand ihn immer noch regungslos aus dem Fenster starrend vor.

Lo trovò ancora immobile a fissare fuori dalla finestra.

Er befand sich am schrecklichsten Ort, an dem er hätte sein können.

Si trovava nel posto più orribile in cui potesse trovarsi.

Er wäre nicht überrascht gewesen, wenn sie nicht hereingekommen wäre.

Non si sarebbe sorpreso se lei non fosse entrata.

Er hinderte sie daran, das Fenster zu öffnen.

Dove le è stato impedito di aprire la finestra.

Sie verließ schnell wieder das Zimmer und schloss die Tür.

Uscì rapidamente dalla stanza e chiuse la porta.

Ein Fremder hätte zu allen möglichen Schlussfolgerungen gelangen können.

Uno sconosciuto avrebbe potuto giungere a conclusioni di ogni tipo.

Vielleicht wartete er nur auf die Gelegenheit, sie zu beißen.

Forse stava solo aspettando l'occasione giusta per morderla.

Gregor versteckte sich natürlich sofort unter dem Sofa.

Gregor, naturalmente, si nascose subito sotto il divano.

Doch er musste bis Mittag warten, bis seine Schwester zurückkehrte.

Ma dovette aspettare fino a mezzogiorno perché la sorella tornasse.

Und sie wirkte viel unruhiger als sonst.

E sembrava molto più irrequieta del solito.

Ihm wurde klar, dass der Anblick von ihm immer noch unerträglich war.

Si rese conto che la sua vista era ancora insopportabile.

Der Anblick von ihm würde für sie weiterhin unerträglich bleiben.

La sua vista sarebbe rimasta per lei insopportabile.

Sie konnte es wahrscheinlich nicht ertragen, auch nur einen Teil von ihm zu sehen.

Probabilmente non avrebbe potuto sopportare di vedere nessuna parte di lui.

Ein kleines Teil ragte immer unter dem Sofa hervor.

Da sotto il divano sporgeva sempre una piccola parte.

Eines Tages trug er ein Bettlaken auf dem Rücken zum Sofa.

Un giorno si mise un lenzuolo sulla schiena e andò sul divano.

Er wollte verhindern, dass sie irgendetwas von ihm sah.

Voleva risparmiarle di vedere qualsiasi parte di lui.

Er richtete das Bettlaken so aus, dass er vollständig verdeckt war.

Sistemò il lenzuolo in modo da nascondersi completamente.

Selbst wenn sie sich bückte, könnte sie ihn nicht sehen.

Anche se si fosse chinata non sarebbe riuscita a vederlo.

Für Gregor dauerte die gesamte Arbeit mehr als drei Stunden.

L'intero sforzo richiese a Gregor più di tre ore.

Möglicherweise hielt sie das Bettlaken für überflüssig.

Forse pensava che il lenzuolo fosse superfluo.

Sie hätte gewusst, dass er das Bettlaken nicht wollte.

Avrebbe saputo che lui non voleva il lenzuolo.

Er tat es zu ihrem Wohlbefinden und nicht für sich selbst.

Lo faceva per il suo comfort, non per se stesso.

Und sie hätte das Bettlaken abnehmen können, wenn sie gewollt hätte.

E avrebbe potuto togliere il lenzuolo se avesse voluto.

Aber sie ließ das Bettlaken dort, wo Gregor es hingelegt hatte.

Ma lasciò il lenzuolo dove l'aveva messo Gregor.

Und Gregor glaubte sogar, einen dankbaren Blick erhascht zu haben.

E Gregor pensò addirittura di aver colto uno sguardo riconoscente.

Er hatte das Bettlaken vorsichtig mit dem Kopf angehoben.

Aveva sollevato delicatamente il lenzuolo con la testa.

Er wollte herausfinden, ob seiner Schwester die Vereinbarung gefiel.

Voleva vedere se alla sorella piaceva la soluzione.

Die ersten zwei Wochen waren für die Eltern am schwierigsten.

Le prime due settimane sono state le più difficili per i genitori.

Sie brachten es nicht übers Herz, hereinzukommen und ihn zu sehen.

Non riuscirono a convincersi ad entrare e a vederlo.

Er belauschte in dieser Zeit viele ihrer Gespräche.

In quel periodo origliò molte delle loro conversazioni.

Sie nahmen alles, was die Schwester tat, voll und ganz zur Kenntnis.

Riconobbero pienamente tutto ciò che la sorella stava facendo.

Auch wenn sie früher oft verärgert über sie waren.

Anche se spesso si irritavano con lei.

Weil sie ein ziemlich nutzloses Mädchen gewesen zu sein schien.

Perché sembrava una ragazza un po' inutile.

Nun warteten sie auf der anderen Seite des Raumes.

Adesso erano loro ad aspettare dall'altra parte della stanza.

Und sie war es, die den Raum betrat, um alles zu erledigen.

Ed è stata lei ad entrare nella stanza per fare tutto.

Sobald sie herauskam, wollten sie alles wissen.

Non appena uscì, vollero sapere tutto.

Sie musste ihnen genau beschreiben, wie das Zimmer aussah.

Doveva dire loro esattamente come appariva la stanza.

„Was hat Gregor gegessen? Wie hat er sich diesmal verhalten?"

"Cosa ha mangiato Gregor? Come si è comportato questa volta?"

„War vielleicht eine leichte Verbesserung zu bemerken?"

"C'è stato forse un piccolo miglioramento da notare?"

Die Mutter war übrigens tatsächlich mutiger.

La madre, tra l'altro, era in realtà più coraggiosa.

Und natürlich war es ihr eigener Sohn im Zimmer.

E naturalmente nella stanza c'era suo figlio.

Sie wollte Gregor eigentlich schon bald besuchen.

In realtà voleva andare a trovare Gregor abbastanza presto.

Doch der Vater und die Schwester hielten sie zunächst zurück.

Ma inizialmente il padre e la sorella la trattennero.

Sie brachten sehr rationale Argumente dafür vor, dass sie nicht gehen sollte.

Hanno avanzato argomentazioni molto razionali per convincerla a non andare.

Gregor hörte ihren Argumenten sehr aufmerksam zu.

Gregor ascoltò molto attentamente il loro ragionamento.

Und er akzeptierte die Argumentation genauso wie seine Mutter.

E lui accettò il ragionamento tanto quanto sua madre.

Später musste sie jedoch mit Gewalt zurückgehalten werden.

In seguito, però, dovette essere trattenuta con la forza.

"Lasst mich zu Gregor hinein, er ist mein unglücklicher Sohn!"

"Fammi entrare da Gregor, è il mio sfortunato figlio!"

"Verstehst du denn nicht, dass ich ihn aufsuchen muss?"

"Non capisci che devo andare a trovarlo?"

Gregor ließ sich ebenfalls von den Argumenten seiner Mutter überzeugen.

Anche Gregor si lasciò convincere dalle argomentazioni della madre.

Vielleicht hatte sie recht; es wäre gut, wenn sie hereinkäme.

Forse aveva ragione: sarebbe stato bello se fosse intervenuta.

Ihn jeden Tag zu besuchen, wäre viel zu viel.

Venire a trovarlo ogni giorno sarebbe davvero troppo.

Aber ihn vielleicht einmal pro Woche zu sehen, könnte genügen.

Ma vederlo una volta a settimana potrebbe essere sufficiente.

Sie versteht die Dinge vielleicht viel besser als die Schwester.

Forse capisce le cose molto meglio della sorella.

Trotz all ihres Mutes war sie doch nur ein Kind.

Nonostante tutto il suo coraggio, era ancora solo una bambina.

Vielleicht war es kindliche Unbekümmertheit, die sie dazu veranlasste, diese Aufgabe anzunehmen.

Forse è stata la sua infantile imprudenza a spingerla ad accettare questo compito.

Doch Gregors Wunsch, seine Mutter wiederzusehen, ging bald in Erfüllung.

Ma il desiderio di Gregor di rivedere la madre si avverò presto.

Tagsüber hielt sich Gregor vom Fenster fern.

Durante il giorno Gregor si teneva lontano dalla finestra.

Dies tat er aus Rücksicht auf seine Eltern.

Lo fece per riguardo verso i suoi genitori.

Er hatte nicht viel Platz, um auf dem Boden herumzukriechen.

Non aveva molto spazio per strisciare sul pavimento.

Es fiel ihm schwer, nachts still zu liegen.

Trovava difficile restare fermo durante la notte.

Das Essen bereitete ihm nicht einmal mehr die geringste Freude.

Mangiare non gli dava più il minimo piacere.

Natürlich musste er sich irgendwie ablenken.

Naturalmente doveva trovare un modo per distrarsi.

Um sich die Zeit zu vertreiben, kletterte er die Wände rauf und runter.

Per divertirsi, strisciava su e giù lungo i muri.

Und er kroch auch kopfüber an der Decke entlang.

E strisciò anche lungo il soffitto, a testa in giù.

Besonders glücklich war er, als er von der Decke hing.

Era particolarmente felice quando era appeso al soffitto.

Es war etwas völlig anderes, als auf dem Boden zu liegen.

Era completamente diverso dallo stare sdraiati sul pavimento.

In dieser Position fiel ihm das Atmen deutlich leichter.

In questa posizione trovò molto più facile respirare.

Ein leichtes, aber angenehmes Kribbeln durchfuhr seinen Körper.

Una leggera ma piacevole vibrazione gli percorse il corpo.

Manchmal gab er sich seinem Glück sogar zu sehr hin.

A volte si abbandonava persino troppo alla sua felicità.

Manchmal ließ er sich ablenken und ließ die Decke los.

A volte si distraeva e si lasciava andare al soffitto.

Und zu seiner eigenen Überraschung landete er wieder auf dem Boden.

E con sua grande sorpresa atterrò di nuovo a terra.

Aber er hatte seinen Körper deutlich besser unter Kontrolle als zuvor.

Ma ora aveva un controllo del suo corpo molto migliore di prima.

So verletzte er sich nun nicht mehr bei so heftigen Stürzen.

Quindi non si è fatto male in cadute così gravi.

Die Schwester bemerkte sofort Gregors neue Freude.

La sorella notò subito il nuovo piacere di Gregor.

Und dort, wo er gekrochen war, waren Klebstoffreste zu sehen.

E c'erano tracce di adesivo nei punti in cui aveva strisciato.

Auch hier dachte die Schwester an Gregors Wohlbefinden.

Anche in questo caso la sorella pensò al benessere di Gregor.

Vielleicht würde er mehr Platz zum Herumkriechen begrüßen.

Forse apprezzerebbe avere più spazio per gattonare.

Und der Gedanke hatte sich fest in ihrem Kopf verankert.

E l'idea si fissò saldamente nella sua testa.

Einige der großen Möbelstücke behinderten seine Bewegungsfreiheit.

Alcuni dei mobili di grandi dimensioni gli impedivano di muoversi liberamente.

Da er nicht mehr arbeitete, brauchte er den Schreibtisch nicht mehr.

Non lavorava più, quindi non aveva più bisogno della scrivania.

Und die Schachtel nahm auch mehr Platz ein als nötig. ***

E la scatola occupava più spazio del necessario. ***

Die Schwester war nicht in der Lage, diese Dinge allein zu bewegen.

La sorella non era in grado di spostare queste cose da sola.

Natürlich wagte sie es nicht, den Vater um Hilfe zu bitten.

Naturalmente non osò chiedere aiuto al padre.

Das Dienstmädchen hätte ihr sicherlich auch nicht geholfen.

Nemmeno la cameriera l'avrebbe certamente aiutata.

Das neue Dienstmädchen war tatsächlich ein Jahr jünger als sie.

La nuova cameriera era in realtà più giovane di lei di un anno.

Sie hatte mutig die Rolle der ehemaligen Magd übernommen.

Aveva coraggiosamente assunto il ruolo dell'ex cameriera.

Doch ein Privileg wollte sie unbedingt haben.

Ma c'era un privilegio che lei insisteva ad avere.

Sie wollte die Küche stets verschlossen halten.

Voleva tenere la cucina sempre chiusa a chiave.

Daher blieb der Schwester nichts anderes übrig, als ihre Mutter zu fragen.

Così la sorella non ebbe altra scelta che chiedere alla madre.

Unter Freudenschreien kam die Mutter herbei, um zu helfen.

Con grida di gioia eccitata la madre venne ad aiutarlo.

Doch an der Tür zu Gregors Zimmer verstummte sie.

Ma sulla porta della stanza di Gregor tacque.
Die Schwester überprüfte, ob im Zimmer alles in Ordnung war.
La sorella controllò che tutto nella stanza andasse bene.
Gregor hatte das Bettlaken hastig noch straffer gezogen.
Gregor aveva tirato ancora più stretto il lenzuolo in fretta.
Obwohl das Bettlaken immer noch willkürlich angeordnet aussah.
Anche se il lenzuolo sembrava ancora disposto in modo casuale.
Erst dann ließ sie ihre Mutter ins Zimmer.
E solo allora lasciò entrare sua madre nella stanza.
Gregor verzichtete auch darauf, unter dem Laken hervorzuspähen.
Gregor si astenne anche dallo spiare da sotto il lenzuolo.
Er beschloss, diesmal auf einen Besuch bei seiner Mutter zu verzichten.
Questa volta decise di rinunciare a vedere sua madre.
Gregor war schon froh genug, dass sie überhaupt gekommen war.
Gregor era già abbastanza contento che lei fosse entrata.
„Komm herein, du kannst ihn nicht sehen", sagte die Schwester.
«Entra pure, non puoi vederlo», disse la sorella.
Gregor nahm an, dass sie ihre Mutter an der Hand führte.
Gregor pensò che fosse lei a condurre la madre per mano.
Dann hörte er, wie die beiden schwachen Frauen die Möbel verrückten.
Poi sentì le due donne deboli spostare i mobili.
Die Schwester schien den größten Teil der Arbeit für sich zu beanspruchen.
Sembrava che la sorella si attribuisse la maggior parte del lavoro.
Ihre Mutter befürchtete, sie würde sich überanstrengen.
Sua madre temeva che si sarebbe sforzata troppo.
Doch die Schwester schenkte diesen Warnungen keine Beachtung.

Ma la sorella non prestò attenzione a questi avvertimenti.

Doch auch nach fünfzehn Minuten ging es nur sehr langsam voran.

Ma anche dopo quindici minuti i progressi erano molto lenti.

Es war ihnen nicht gelungen, die Möbel weit zu bewegen.

Non erano riusciti a spostare molto lontano i mobili.

Langsam beschlich sie ein Gefühl der Niederlage.

Cominciavano lentamente a provare un senso di sconfitta.

Die Mutter war die Erste, die die Sinnlosigkeit eingestand.

La madre fu la prima ad ammettere l'inutilità di tutto ciò.

"Vielleicht wäre es besser, die Schachtel hier zu lassen."

"Forse sarebbe meglio lasciare la scatola qui."

„Die Kiste ist zu schwer, als dass wir sie noch viel weiter bewegen könnten."

"La scatola è troppo pesante perché possiamo spostarla più lontano."

„Und wir werden nicht fertig sein, bevor dein Vater eintrifft."

"E non finiremo prima che arrivi tuo padre."

„Wenn wir die Kiste hier lassen würden, würde das seinen Weg nur noch mehr versperren."

"Lasciare la scatola qui gli bloccherebbe ancora di più la strada.

Und können wir sicher sein, dass wir ihm damit einen Gefallen tun?

"E possiamo essere sicuri che gli stiamo facendo un favore?"

Sie begannen zu glauben, dass das Gegenteil durchaus der Fall sein könnte.

Cominciarono a pensare che potesse essere vero il contrario.

Der Anblick der leeren Wand lastete schwer auf ihrem Herzen.

La vista del muro vuoto le pesava sul cuore.

Was spricht dagegen, dass Gregor das auch so empfinden würde?

Chissà se anche Gregor non la penserebbe allo stesso modo?

„Er hat sich bereits an die Möbel in seinem Zimmer gewöhnt."

"È già abituato ai mobili della sua stanza."
„In einem leeren Zimmer könnte er sich noch verlassener fühlen."
"Potrebbe sentirsi ancora più abbandonato in una stanza vuota."
Ihre Stimme war inzwischen fast zu einem Flüstern gesunken.
Ormai la sua voce si era quasi abbassata fino a diventare un sussurro.
Sie wusste tatsächlich nicht, wo sich Gregor genau aufhielt.
In realtà non sapeva esattamente dove si trovasse Gregor.
Sie wollte nicht einmal, dass er ihre Stimme hörte.
Non voleva nemmeno che lui sentisse il suono della sua voce.
Obwohl sie sich sicher war, dass er sie nicht verstand.
Sebbene fosse certa che lui non la capisse.
„Würde es nicht so aussehen, als hätten wir ihn völlig aufgegeben?"
"Non sembrerebbe che abbiamo rinunciato completamente a lui?"
"Wird er nicht das Gefühl haben, dass wir ihn mit der Situation allein lassen?"
"Non avrà la sensazione che lo stiamo lasciando solo a cavarsela?"
„Wir sollten den Raum genau so verlassen, wie er war."
"Dovremmo lasciare la stanza esattamente com'era."
„Irgendwann wird Gregor zu uns zurückkehren, so wie er war."
"Alla fine Gregor tornerà da noi com'era prima."
„Dann wird er feststellen, dass alles noch an seinem Platz ist."
"Allora scoprirà che tutto è ancora al suo posto."
„Und er wird die Übergangszeit viel leichter vergessen."
"E dimenticherà molto più facilmente il periodo provvisorio."
Als Gregor diese Worte hörte, begriff er etwas.
Quando Gregor udì queste parole, capì una cosa.
Sein Verstand war in den letzten zwei Monaten verwirrt worden.

Negli ultimi due mesi la sua mente era diventata confusa.
Der Mangel an menschlicher Interaktion hatte ihm nicht gutgetan.
La mancanza di interazione umana non gli aveva fatto bene.
Er brauchte das eintönige Leben im Kreise seiner Familie wirklich.
Aveva davvero bisogno della vita monotona in famiglia.
Warum sonst hätte er eine solch unsinnige Forderung gestellt?
Altrimenti perché avrebbe fatto una richiesta così assurda?
Welchen Sinn sollte es denn haben, sein Zimmer zu räumen?
Che senso aveva svuotare la sua stanza?
Das gemütliche Zimmer war mit geerbten Möbeln eingerichtet.
La confortevole camera è arredata con mobili ereditati.
Warum sollte er diese bekannte Wärme in eine Höhle verwandeln wollen?
Perché mai avrebbe voluto trasformare questo calore noto in una grotta?
Eine Höhle, in der er ungestört in alle Richtungen kriechen konnte.
Una grotta dove poteva strisciare in tutte le direzioni in pace.
Doch in einer Höhle vergaß er rasch seine menschliche Vergangenheit.
Ma una grotta in cui dimenticò rapidamente il suo passato umano.
Er fragte sich, ob er schon kurz davor war, alles zu vergessen.
Doveva chiedersi se non fosse già vicino a dimenticare.
Die Stimme seiner Mutter hatte ihn aufgerüttelt und seine Erinnerung wachgerufen.
La voce di sua madre lo aveva scosso, facendogli ricordare.
Die Stimme, die er so lange nicht gehört hatte.
La voce che non sentiva da tanto tempo.
Nichts durfte entfernt werden; alles musste bleiben.
Non si doveva togliere nulla, tutto doveva restare.

Die Möbel wirkten sich positiv auf seinen Zustand aus.

L'arredamento influì positivamente sulle sue condizioni.

Und ohne diesen Anker zur Vergangenheit konnte er nicht zurechtkommen.

E non avrebbe potuto farcela senza questo ancoraggio al passato.

Die Möbel hinderten ihn daran, sinnlos herumzukriechen.

I mobili gli impedivano di strisciare in giro senza senso.

Das war aber kein Verlust, sondern vielmehr ein großer Vorteil.

Ma questa non fu una perdita, anzi, fu un grande vantaggio.

Leider hatte die Schwester eine ganz andere Meinung.

Purtroppo la sorella aveva un'opinione molto diversa.

Sie war gewissermaßen zu einer Sprecherin Gregors geworden.

Era diventata in un certo senso la portavoce di Gregor.

Natürlich war ihre Meinung nicht völlig unberechtigt.

Naturalmente la sua opinione non era del tutto ingiustificata.

Doch der Meinung ihrer Mutter musste hier widersprochen werden.

Ma qui l'opinione della madre doveva essere contraddetta.

Es war nicht nur die Kiste, die nun entfernt werden musste.

Ora non era solo la scatola a dover essere rimossa.

Sein Schreibtisch und der Kleiderschrank konnten ebenfalls nicht bleiben.

Nemmeno la scrivania e l'armadio potevano restare lì.

Das Einzige, was unverzichtbar war, war das Sofa.

L'unica cosa indispensabile era il divano.

Sie hat diese Entscheidung nicht aus kindischem Trotz getroffen.

Non ha preso questa decisione solo per un sentimento di sfida infantile.

Es lag auch nicht an ihrem erst kürzlich gewonnenen Selbstvertrauen.

E non era nemmeno merito della fiducia in se stessa che aveva acquisito di recente.

Das neue Selbstvertrauen, das sie hatte, trieb sie an, so hart für den Sieg zu arbeiten.

La nuova sicurezza che aveva ottenuto lavorando così duramente per vincere.

Auch wenn niemand erwartet hatte, dass sie dazu in der Lage sein würde.

Anche se nessuno si aspettava che lei ci riuscisse.

Gregor brauchte tatsächlich viel Platz zum Kriechen.

Gregor aveva davvero bisogno di molto spazio per gattonare.

Die Möbel schränkten den ihm zur Verfügung stehenden Raum zusätzlich ein.

L'arredamento limitava solo lo spazio a sua disposizione.

Sie konnte diese Dinge besser sehen als die Mutter.

Lei riusciva a vedere queste cose meglio della madre.

Aber vielleicht spielte auch ihre romantische Ader eine Rolle.

Ma forse anche il suo spirito romantico ha avuto un ruolo.

Mädchen in diesem Alter entwickeln oft eine gewisse Begeisterung.

Le ragazze di quell'età spesso provano un certo entusiasmo.

Und sie verspüren das Bedürfnis, ihren Willen durchzusetzen, wann immer es ihnen möglich ist.

E sentono il bisogno di ottenere ciò che vogliono ogni volta che possono.

Vielleicht wollte sie ihn deshalb heimlich sabotieren.

Forse è per questo che voleva sabotarlo segretamente.

Noch furchterregender ist er, wenn er an den Wänden entlangkriecht.

È ancora più terrificante quando striscia sui muri.

Die Eltern trauten sich nicht mehr, das Zimmer zu betreten.

I genitori non osavano più entrare nella stanza.

Sie wäre tatsächlich die alleinige Betreuerin ihres Bruders.

Sarebbe stata davvero l'unica a prendersi cura del fratello.

Sie ließ sich von ihrer Mutter nicht umstimmen.

Non si lasciò convincere dalla madre del contrario.

Gregors Mutter fühlte sich in dem Zimmer bereits unwohl.

La madre di Gregor si sentiva già a disagio nella stanza.

Sie hörte bald auf zu sprechen und half ihrer Tochter erneut.
Ben presto smise di parlare e aiutò di nuovo la figlia.
Mit ihren letzten Kräften entfernten sie den Kleiderschrank.
Con le forze rimaste, tolsero l'armadio.
Auf die Kommode konnte er verzichten.
La cassettiera era qualcosa di cui poteva fare a meno.
Der Schreibtisch musste aber vorerst dort bleiben.
Ma per il momento la scrivania doveva restare lì.
Während die Frauen weg waren, versuchte er, sich einen Überblick über den Raum zu verschaffen.
Mentre le donne erano via, cercò di valutare la stanza.
Und Gregor streckte seinen Kopf unter dem Sofa hervor.
E Gregor sporse la testa da sotto il divano.
Er musste sehen, was er in dieser Situation tun konnte.
Doveva vedere cosa poteva fare per risolvere la situazione.
Aber er war so vorsichtig und rücksichtsvoll wie möglich.
Ma lui era il più attento e premuroso possibile.
Leider war es die Mutter, die zuerst zurückkehrte.
Sfortunatamente fu la madre a tornare per prima.
Grete war noch dabei, den Kleiderschrank im Nebenzimmer umzustellen.
Grete stava ancora spostando l'armadio nella stanza accanto.
Die Mutter war den Anblick Gregors jedoch nicht gewohnt.
Ma la madre non era abituata alla vista di Gregor.
Schon ein flüchtiger Blick auf ihn hätte sie krank machen können.
Anche solo vederlo avrebbe potuto farla ammalare.
Gregor eilte rückwärts zum anderen Ende des Sofas.
Gregor corse indietro verso l'estremità più lontana del divano.
Aber er konnte sich nicht zurücklehnen und das Bettlaken ausbalancieren.
Ma non riusciva a tornare indietro e a tenere in equilibrio il lenzuolo.
Die Bewegung reichte aus, um die Aufmerksamkeit der Mutter zu erregen.
Il movimento fu sufficiente per attirare l'attenzione della madre.

Sie hielt inne und verharrte einen kurzen Moment ganz still.
Fece una pausa e rimase immobile per un breve momento.
Dann drehte sie sich um und verließ das Zimmer wieder.
Poi si voltò e uscì di nuovo dalla stanza.
Gregor redete sich immer wieder ein, dass nichts Ungewöhnliches passiert sei.
Gregor continuava a ripetersi che non era successo niente di insolito.
„Es handelt sich lediglich um ein paar Möbelstücke, die weggebracht wurden.“
"Sono solo alcuni mobili che sono stati portati via."
Doch schon bald musste er zugeben, dass ihn die Ereignisse mitgenommen hatten.
Ma ben presto dovette ammettere che quegli eventi lo avevano colpito.
Die Frauen hatten alles, was sie taten, auch gesagt.
Le donne avevano detto tutto quello che facevano.
Sie waren im Zimmer auf und ab gegangen.
Camminavano avanti e indietro per la stanza.
Das Kratzen aller Möbelstücke auf dem Boden.
Il rumore di tutti i mobili sul pavimento.
Er hatte das Gefühl, von allen Seiten angegriffen zu werden.
Si sentiva come se fosse assalito da ogni parte.
Er zog Kopf und Beine so fest wie möglich an.
Tirò la testa e le gambe più forte che poté.
Mit aller Kraft presste er seinen Körper zu Boden.
Con tutte le sue forze premette il suo corpo a terra.
Er wusste, dass er das alles nicht mehr lange aushalten konnte.
Sapeva che non avrebbe potuto sopportare tutto questo ancora a lungo.
Sie räumten sein Zimmer aus und nahmen alles mit, was ihm lieb und teuer war.
Svuotarono la sua stanza e gli portarono via tutto ciò che amava.
Sie hatten bereits die Kiste mit all seinen Werkzeugen mitgenommen.

Avevano già preso la scatola contenente tutti i suoi attrezzi.

Nun lockerten sie seinen schweren Schreibtisch vom Boden.

Ora stavano staccando la sua pesante scrivania da terra.

Der Schreibtisch, an dem er nach seiner Rückkehr von der Arbeit gearbeitet hatte.

La scrivania su cui aveva lavorato dopo essere tornato dal lavoro.

Der Schreibtisch, an dem er seine Geschäftsaufgaben erledigt hatte.

La scrivania su cui aveva scritto i suoi compiti di lavoro.

Der Schreibtisch, an dem er in der Sekundarschule seine Hausaufgaben gemacht hatte.

La scrivania su cui aveva fatto i compiti alle scuole medie.

Ja, diesen Schreibtisch hatte er schon in der Grundschule.

Sì, aveva già avuto questa scrivania alle elementari.

Er hatte wirklich keine Zeit, sich von ihren guten Absichten zu überzeugen.

Non ebbe davvero il tempo di confermare le loro buone intenzioni.

Obwohl er beinahe vergessen hatte, dass sie überhaupt da waren.

Anche se in ogni caso aveva quasi dimenticato che fossero lì.

Weil sie vor Erschöpfung still arbeiteten.

Perché lavoravano in silenzio, per sfinimento.

Sie waren zu müde, um ihre Bewegungen jetzt noch bekannt zu geben.

Erano troppo stanchi per annunciare i loro movimenti.

Alles, was er hörte, waren ihre schweren Schritte auf dem Boden.

Tutto ciò che sentiva erano i loro passi pesanti sul pavimento.

Genau in diesem Moment lehnten sie an der Kiste.

Proprio in quel momento si erano appoggiati alla scatola.

Und da kam Gregor unter dem Sofa hervor.

Fu allora che Gregor uscì da sotto il divano.

Er änderte viermal seine Laufrichtung.

Cambiò la direzione in cui stava correndo quattro volte.

Er konnte sich nicht entscheiden, welcher Gegenstand zuerst gerettet werden musste.

Non riusciva a decidere quale oggetto dovesse essere salvato per primo.

Plötzlich richtete sich sein Blick auf die leere Wand.

All'improvviso la sua attenzione fu attirata dalla parete vuota.

Alles, was sie ihm hinterlassen hatten, war das Bild der Dame im Pelzmantel.

Tutto ciò che gli avevano lasciato era la foto della signora con la pelliccia.

Er kroch zu dem Bild und drückte seinen Körper an sie.

Strisciò fino alla foto per premere il suo corpo contro di lei.

Und sein Körper verdeckte vollständig das Bild.

E il suo corpo copriva completamente la vista dell'immagine.

Das Glas stützte ihn und kühlte seinen heißen Bauch.

Il vetro lo sostenne e confortò il suo ventre caldo.

Dieses Foto konnte ihm nicht mehr abgenommen werden.

Questa foto non poteva più essergli tolta.

Dann wandte er den Kopf zur Wohnzimmertür.

Poi girò la testa verso la porta del soggiorno.

Er wollte zusehen, wie die Frauen ins Zimmer zurückkehrten.

Voleva guardare le donne tornare nella stanza.

Und sie ruhten sich nicht lange aus, bevor sie wieder zurückkehrten.

E non si riposarono a lungo prima di tornare di nuovo.

Grete hatte den Arm um ihre Mutter gelegt, um ihr beim Gehen zu helfen.

Grete teneva il braccio intorno alla madre per aiutarla a camminare.

„Was sollen wir denn jetzt nehmen?", fragte Grete und blickte sich um.

"Cosa prendiamo adesso?" chiese Grete guardandosi intorno.

Genau in diesem Moment trafen sich ihre Blicke mit Gregors.

Proprio in quel momento il suo sguardo incontrò quello di Gregor.

Trotz des Schocks behielt sie die Fassung.

Nonostante lo shock, mantenne la calma.

Vermutlich nur wegen der Anwesenheit ihrer Mutter.

Probabilmente solo per la presenza della madre.

Sie neigte ihr Gesicht zu ihrer Mutter und verdeckte ihr die Sicht.

Chinò il viso verso la madre, coprendole la vista.

Und dann sagte sie, zitternd und gedankenlos:

E poi disse, sebbene tremante e spensierata:

"Kommt schon, sollten wir nicht zurück ins Wohnzimmer gehen?"

"Dai, non dovremmo tornare in soggiorno?"

Gregor konnte die Absichten der Schwester leicht verstehen.

Gregor poteva facilmente comprendere le intenzioni della sorella.

Ihre oberste Priorität war es, ihre Mutter in Sicherheit zu bringen.

La sua prima priorità era portare in salvo sua madre.

Aber dann wollte sie ihn von der Mauer herunterjagen.

Ma poi lei lo avrebbe inseguito giù dal muro.

„Nun, sie kann es ja versuchen!", dachte Gregor bei sich.

"Beh, può certamente provarci!" pensò Gregor tra sé e sé.

Er behielt sein Bild fest im Blick und gab es nicht her.

Restò fermo sulla sua immagine e non la lasciò andare.

Am liebsten wäre er der Schwester ins Gesicht gesprungen.

Avrebbe preferito saltare in faccia alla sorella.

Doch Gretes Worte hatten ihre Mutter noch mehr beunruhigt.

Ma le parole di Grete avevano preoccupato ancora di più sua madre.

Sie trat beiseite, um zu sehen, was vor ihr verborgen wurde.

Si fece da parte per vedere cosa le veniva nascosto.

Und sie sah den braunen Fleck auf der geblümten Tapete.

E vide la macchia marrone sulla carta da parati a fiori.

Und sie schrie auf, noch bevor sie merkte, dass es Gregor war.

E urlò prima ancora di rendersi conto che si trattava di Gregor.

"Oh Gott", schrie sie mit ausgestreckten Armen.

"Oh Dio", urlò con le braccia tese.

Und sie sank auf die Couch, als hätte sie aufgegeben.

E cadde sul divano come se si fosse arresa.

„Gregor!", rief die Schwester ihm mit erhobener Faust zu.

«Gregor!» gli gridò la sorella alzando il pugno.

Und sie warf ihm einen langen, harten und durchdringenden Blick zu.

E gli lanciò uno sguardo lungo, duro e penetrante.

Dies war das erste Mal, dass sie direkt mit ihm gesprochen hatte.

Era la prima volta che gli parlava direttamente.

Sie rannte ins Nebenzimmer, um Riechsalz zu holen.

Corse nella stanza accanto per prendere dei sali aromatici.

Sie musste ihre Mutter wieder zum Bewusstsein bringen.

Dovette far riprendere conoscenza alla madre.

Gregor wollte helfen, er konnte das Bild später aufbewahren.

Gregor voleva aiutare, avrebbe potuto salvare la foto più tardi.

Doch er war fest an der Glasscheibe festgeklebt.

Ma lui era rimasto saldamente incastrato nel vetro.

Deshalb musste er sich mit großer Kraft losreißen.

Così dovette liberarsi con molta forza.

Auch er rannte in den nächsten Raum, wo sich die Schwester befand.

Anche lui corse nella stanza accanto, dove si trovava la sorella.

Früher hätte er ihr vielleicht einen Rat geben können.

Ai vecchi tempi avrebbe potuto darle qualche consiglio.

Doch nun konnte er nichts anderes tun, als tatenlos zuzusehen.

Ma ora non poteva fare altro che restare a guardare senza far niente.

Sie durchwühlte die Schublade und öffnete verschiedene Flaschen.

Frugò nel cassetto, aprendo diverse bottiglie.

Und er erschreckte sie immer noch, als sie sich umdrehte.

E lui continuava a spaventarla quando si girava.

Eine Flasche fiel zu Boden, zerbrach und splitterte.
Una bottiglia cadde a terra, si ruppe e si scheggiò.
Ein Glassplitter traf Gregor im Gesicht und verletzte ihn.
Una scheggia di vetro colpì il viso di Gregor e lo ferì.
Die Flasche hatte eine Art ätzende Flüssigkeit enthalten.
La bottiglia conteneva una specie di liquido caustico.
Und nun brannte die ätzende Flüssigkeit auf Gregors Gesicht.
E ora il liquido corrosivo stava bruciando il viso di Gregor.
Die Schwester hatte jedoch im Moment keine Zeit für Gregor.
Ma in quel momento la sorella non aveva tempo per Gregor.
Sie sammelte so viele Flaschen ein, wie sie tragen konnte.
Raccolse quante più bottiglie poté.
Und sie rannte mit der Medizin zurück zu ihrer Mutter.
E corse indietro dalla madre con la medicina.
Sie schlug die Tür mit dem Fuß zu und schloss Gregor aus.
Sbatté la porta con il piede, chiudendo fuori Gregor.
Nun war er von seiner möglicherweise sterbenden Mutter abgeschnitten.
Ora era tagliato fuori dalla madre, che stava per morire.
Wenn er die Tür öffnete, würde er die Schwester verjagen.
Se avesse aperto la porta avrebbe cacciato via la sorella.
Aber natürlich musste sie bleiben, um sich um die Mutter zu kümmern.
Ma naturalmente doveva restare per prendersi cura della madre.
Es gab für ihn nichts anderes zu tun, als auf sie zu warten.
Ormai non poteva fare altro che aspettarli.
Von Selbstvorwürfen und Angst geplagt, begann er zu kriechen.
Tormentato dall'ansia e dall'autocommiserazione, cominciò a gattonare.
Er kroch überall hin; an Wänden, Möbeln, der Decke.
Strisciava ovunque: sui muri, sui mobili, sul soffitto.
Er hatte das Gefühl, als würde sich der ganze Raum um ihn drehen.

Aveva la sensazione che l'intera stanza gli girasse intorno.

Schließlich fiel er, verzweifelt und schwindlig, wieder zu Boden.

Alla fine, disperato e stordito, ricadde.

Und er fiel direkt auf den großen Esstisch.

E cadde proprio sopra il grande tavolo della sala da pranzo.

Er lag eine Weile da, betäubt und unfähig sich zu bewegen.

Rimase lì sdraiato per un po' di tempo, intorpidito e incapace di muoversi.

Er war erschöpft von all dem, was ihm dieser Tag gebracht hatte.

Era esausto per tutto quello che quella giornata gli aveva portato.

Es herrschte ringsum Stille, aber vielleicht war das ein gutes Zeichen.

Tutto intorno regnava il silenzio, ma forse era un buon segno.

Dann zerriss das Klingeln an der Haustür die Stille.

Poi, rompendo il silenzio, suonò il campanello fuori.

Das Dienstmädchen hatte sich natürlich in ihrer Küche eingeschlossen.

La cameriera, naturalmente, si era chiusa a chiave in cucina.

Die Schwester war also die Einzige, die die Tür öffnen konnte.

Quindi la sorella era l'unica che poteva aprire la porta.

„Was ist passiert?", fragte der Vater als Erstes.

"Cosa è successo?" fu la prima cosa che chiese il padre.

Gretes Erscheinung hatte ihm wahrscheinlich alles verraten.

L'aspetto di Grete probabilmente gli aveva detto tutto.

Gretes Stimme wurde beim Sprechen gedämpft und dumpf.

La voce di Grete divenne ovattata e spenta mentre parlava.

Sie muss ihr Gesicht an die Brust ihres Vaters gedrückt haben.

Deve aver premuto il viso contro il petto del padre.

„Mutter war bewusstlos, aber es geht ihr jetzt besser."

"La mamma era priva di sensi, ma ora si sente meglio."

„Gregor ist entkommen", fügte sie hinzu, was er auch erwartet hatte.

«Gregor è scappato», aggiunse, cosa che lui si aspettava.
"Ich habe dir doch immer gesagt, dass er eines Tages ausbrechen würde."
"Ti ho sempre detto che un giorno sarebbe scappato."
„Aber ihr Frauen wolltet mir ja nicht zuhören, nicht wahr?"
"Ma voi donne non avete voluto ascoltarmi, vero?"
Gregor erkannte schnell, wie sein Vater die Dinge sehen würde.
Gregor capì subito come avrebbe visto le cose suo padre.
Er hatte Gretes allzu kurze Nachricht falsch interpretiert.
Aveva interpretato male il messaggio troppo breve di Grete.
Er nahm an, Gregor habe eine Gewalttat begangen.
Supponeva che Gregor avesse commesso qualche atto di violenza.
Gregor musste einen Weg finden, seinen Vater irgendwie zu besänftigen.
Gregor doveva trovare un modo per placare in qualche modo il padre.
Weil er keine Zeit hatte, ihm die Dinge zu erklären.
Perché non aveva tempo di spiegargli le cose.
Aber er hätte die Dinge ohnehin nicht erklären können.
Ma in ogni caso non sarebbe stato in grado di spiegare le cose.
Da flüchtete er zur Tür und drückte sich dagegen.
Allora corse verso la porta e vi si premette contro.
So konnte sein Vater ihn vom Vorzimmer aus sehen.
In questo modo suo padre poteva vederlo dall'anticamera.
Und er würde erkennen, dass er die besten Absichten hatte.
E avrebbe potuto vedere che aveva le migliori intenzioni.
Es war nicht nötig, ihn mit einem Besen zurückzudrängen.
Non c'era bisogno di respingerlo con una scopa.
Der Vater hätte lediglich die Tür öffnen müssen.
Tutto ciò che il padre avrebbe dovuto fare era aprire la porta.
Doch er hatte keine Lust, solche Feinheiten zu bemerken.
Ma non era dell'umore giusto per notare tali sottigliezze.
"Da bist du ja!", rief er, sobald er eingetreten war.
«Eccoti!» esclamò appena entrato.
Es war, als wäre er gleichzeitig wütend und glücklich.

Era come se fosse arrabbiato e felice allo stesso tempo.

Er zog den Kopf zurück und blickte zu seinem Vater auf.

Tirò indietro la testa e guardò il padre.

Er hatte sich seinen Vater nicht so vorgestellt.

Non avrebbe mai immaginato che suo padre si trovasse lì in piedi in quelle condizioni.

Doch in letzter Zeit hatte er eine neue Ablenkung gefunden.

Ma negli ultimi tempi aveva trovato una nuova distrazione.

Das Herumkriechen nahm nun einen großen Teil seines Tages ein.

Ora gattonare occupava gran parte della sua giornata.

Zuvor hatte er alle Neuigkeiten in der Wohnung im Blick behalten.

Prima teneva traccia di tutte le novità nell'appartamento.

Aber in letzter Zeit hatte er nicht mehr so genau darauf geachtet.

Ma ultimamente non ci aveva prestato molta attenzione.

Er hätte auf Veränderungen vorbereitet sein müssen.

Avrebbe dovuto essere preparato ad affrontare i cambiamenti.

Aber war dieser Mann vor ihm noch der Vater?

Ma quest'uomo davanti a lui era ancora il padre?

War er noch derselbe Mann, der früher müde in seinem Bett lag?

Era lo stesso uomo che giaceva stanco nel suo letto?

Als Gregor bereits auf Geschäftsreise war.

Quando Gregor era già partito per un viaggio d'affari.

War er derselbe Mann, der ihn abends begrüßte?

Era lo stesso uomo che lo accoglieva la sera?

Als er in seinem Morgenmantel in seinem Sessel saß.

Quando era in vestaglia, nella sua poltrona.

War er derselbe Mann, der nicht aufstehen konnte, um ihn zu begrüßen?

Era lo stesso uomo che non riusciva ad alzarsi per accoglierlo?

So blieb er sitzen und hob freudig den Arm.

Così, restando seduto, alzò il braccio in segno di gioia.

War er derselbe Mann, mit dem er gelegentlich spazieren ging?

Era lo stesso uomo con cui andava a fare qualche passeggiata ogni tanto?

In seltenen Fällen: an einigen Sonntagen im Jahr oder an Feiertagen.

In rare occasioni: qualche domenica all'anno o nei giorni festivi.

War er derselbe Mann, der in seinen Mantel gehüllt herüberkam?

Era lo stesso uomo che camminava avvolto nel suo cappotto?

Musste er sich langsam zwischen Mutter und ihm vorwärtsarbeiten?

Ha partorito lentamente, tra lui e la madre?

Und sie gingen seinetwegen bereits langsam.

E già camminavano lentamente a causa sua.

Doch nun stand dieser Mann stark und aufrecht.

Ma ora quest'uomo era in piedi, forte e in posizione eretta.

Er trug eine blaue Uniform mit goldenen Knöpfen.

Indossava un'uniforme blu con bottoni dorati.

Knöpfe, die die Angestellten der Bankinstitute tragen.

Bottoni indossati dai dipendenti degli istituti bancari.

Über dem steifen Kragen trat sein markantes Doppelkinn hervor.

Sopra il colletto rigido emergeva il suo marcato doppio mento.

Unter seinen buschigen Augenbrauen blickten seine schwarzen Augen hervor.

Sotto le folte sopracciglia, i suoi occhi neri guardavano fuori.

Seine Augen wirkten nun durchdringend, frisch und aufmerksam.

Ora i suoi occhi apparivano penetranti, freschi e attenti.

Das zuvor zerzauste weiße Haar wurde glatt gekämmt.

I capelli bianchi, precedentemente spettinati, vennero pettinati verso il basso.

Und sein Haar hatte nun einen sorgfältigen Mittelscheitel.

E ora i suoi capelli avevano una meticolosa riga centrale.

Er warf seinen Hut weg, der mit einem goldenen Monogramm verziert war.

Lanciò il suo cappello, sul quale era impresso un
monogramma dorato.
**Es handelte sich wahrscheinlich um das Monogramm der
Bank, für die er arbeitete.**
Probabilmente era il monogramma della banca per cui
lavorava.
**Und der Hut landete auf dem Sofa, um später weggeräumt
zu werden.**
E il cappello atterrò sul divano, per essere riposto più tardi.
Er schob den Saum der langen Uniformjacke zurück.
Tirò indietro il fondo della lunga giacca dell'uniforme.
Und er steckte seine Daumen in die Hosentaschen.
E infilò i pollici nelle tasche dei pantaloni.
Und dann ging er mit finsterer Miene auf Gregor zu.
E poi, con un'espressione severa, si diresse verso Gregor.
Er wusste wahrscheinlich selbst noch nicht, was er vorhatte.
Probabilmente non sapeva nemmeno cosa stava progettando
di fare.
Dennoch hob er die Füße ungewöhnlich hoch.
Ma nonostante ciò sollevò i piedi insolitamente in alto.
Gregor staunte über die enorme Größe seiner Stiefel.
Gregor rimase stupito dalle enormi dimensioni dei suoi stivali.
**Doch dafür blieb wirklich keine Zeit, seine Schuhe zu
bewundern.**
Ma non c'era davvero tempo per ammirare le sue scarpe.
**Der Vater hatte sich für eine sehr strenge Disziplin
entschieden.**
Il padre aveva deciso di adottare una disciplina molto severa.
Für Gregor war nur die größtmögliche Strenge angemessen.
Per Gregor era appropriata solo la massima severità.
Das wusste er vom ersten Tag seiner Verwandlung an.
Lo sapeva fin dal primo giorno della sua trasformazione.
**Er rannte zu seinem Vater und blieb stehen, als dieser
stehen blieb.**
Corse da suo padre e si fermò quando lui si fermò.
Als er sich wieder bewegte, huschte er erneut auf ihn zu.

Si precipitò di nuovo verso di lui quando lui si mosse di nuovo.

Der Vater hielt einen Moment inne, und Gregor tat es ihm gleich.

Il padre si fermò un attimo, e così fece Gregor.

Und sobald sich sein Vater bewegte, stürmte er wieder vorwärts.

E si lanciò di nuovo in avanti non appena suo padre si mosse.

Auf diese Weise gingen sie mehrmals im Kreis um den Raum.

In questo modo girarono più volte intorno alla stanza.

Bislang hatte noch niemand einen entscheidenden Vorteil errungen.

Nessuno aveva ancora ottenuto un vantaggio decisivo.

Man konnte nicht den Eindruck einer Verfolgungsjagd gewinnen.

Non si poteva avere l'impressione di un inseguimento.

Weil das ganze Geschehen viel zu langsam vonstatten ging.

Perché l'intero evento si stava svolgendo troppo lentamente.

Gregor hatte beschlossen, am Boden zu bleiben.

Gregor aveva deciso che sarebbe rimasto a terra.

Er hätte die Wände hoch und an der Decke entlanglaufen können.

Avrebbe potuto correre lungo le pareti e lungo il soffitto.

Er wollte den Vater aber nicht unnötig provozieren.

Ma non voleva provocare inutilmente il padre.

Eine solche Flucht hätte besonders verwerflich erscheinen können.

Una fuga del genere sarebbe potuta sembrare particolarmente malvagia.

Gregor räumte ein, dass diese Jagd nicht mehr lange dauern könne.

Gregor ammise che questo inseguimento non sarebbe durato ancora a lungo.

Jeder Schritt erforderte eine Vielzahl von Bewegungen.

Ogni passo doveva essere accompagnato da una miriade di movimenti.

Er begann bereits Atemnot zu verspüren.
Cominciava già ad avere difficoltà a respirare.
Schon vorher hatte er nie absolut zuverlässige Lungen gehabt.
Anche prima non aveva mai avuto polmoni completamente affidabili.
Er taumelte dahin und sparte seine Kräfte für den Lauf.
Barcollò avanti, risparmiando le forze per la corsa.
Er war so müde, dass er die Augen kaum noch offen halten konnte.
Era così stanco che riusciva a malapena a tenere gli occhi aperti.
Seine Gedanken verlangsamten sich zu sehr, um an andere Fluchtmöglichkeiten zu denken.
I suoi pensieri divennero troppo lenti per pensare ad altre vie di fuga.
Er hatte fast vergessen, dass ihm die Wände zur Verfügung standen.
Aveva quasi dimenticato che le pareti erano a sua disposizione.
Die Wände waren aber ohnehin hinter Möbeln verborgen.
Ma le pareti erano comunque nascoste dietro i mobili.
Und die Möbel wiesen zu viele Kerben und Vorsprünge auf.
E i mobili avevano troppe tacche e sporgenze.
Und dann, direkt neben ihm, rollte ein Apfel.
E poi, proprio accanto a lui, rotolava una mela.
Ihm wurde klar, dass der Apfel nach ihm geworfen worden sein musste.
Si rese conto che la mela doveva essere stata lanciata contro di lui.
Doch er hatte keine Zeit zum Nachdenken, da kam schon der nächste Apfel.
Ma non ebbe il tempo di pensare prima che arrivasse un'altra mela.
Gregor erstarrte vor Schreck über die neue Strategie seines Vaters.

Gregor rimase immobile per lo shock della nuova strategia del padre.

Er konnte durch einen Fluchtversuch nichts mehr gewinnen.

Non poteva più trarre alcun vantaggio dal tentativo di scappare.

Der Vater hatte beschlossen, ihn mit Früchten zu überhäufen.

Il padre aveva deciso di bombardarlo di frutta.

Er hatte sich die Taschen mit Obst aus der Küchenschale gefüllt.

Si era riempito le tasche con la frutta presa dalla fruttiera della cucina.

Ohne besonders darauf zu zielen, warf er Apfel um Apfel.

Senza mirare particolarmente, lanciava una mela dopo l'altra.

Diese kleinen roten Äpfel rollten auf dem Boden herum.

Queste piccole mele rosse rotolavano per terra.

Wie von einem Stromschlag getroffen, stießen die Äpfel aneinander.

Come se fossero elettrizzate, le mele si scontrarono tra loro.

Einer der schwach geworfenen Äpfel streifte Gregors Rücken.

Una delle mele lanciate debolmente sfiorò la schiena di Gregor.

Zum Glück für ihn rutschte der Apfel harmlos herunter.

Fortunatamente per lui, la mela scivolò via senza farsi male.

Der anschließend geworfene Apfel traf jedoch genauer.

Tuttavia, la mela lanciata dopo era più precisa.

Und dieser Apfel blieb tief in Gregors Rücken stecken.

E questa mela si conficcò profondamente nella schiena di Gregor.

Gregor wollte sich vor dem Schmerz davonreißen.

Gregor voleva allontanarsi dal dolore.

Vielleicht ließe sich diesem neuen, unvorstellbaren Schmerz entkommen.

Forse si potrebbe sfuggire a questo nuovo, incredibile dolore.

Vielleicht würde ein Ortswechsel seine Qualen lindern.

Forse un cambio di luogo avrebbe alleviato la sua agonia.

Aber er fühlte sich, als wäre er am Boden festgenagelt.
Ma si sentiva come se fosse stato inchiodato al pavimento.
Er streckte sich aus, aber nur aufgrund seiner Verwirrung.
Si allungò, ma solo a causa della confusione.
Erst mit seinem letzten Blick sah er, wie sich die Tür öffnete.
Solo con l'ultima occhiata vide la porta aprirsi.
Die Mutter stürzte vor die schreiende Schwester hinaus.
La madre corse fuori davanti alla sorella urlante.
Die Schwester hatte sie ausgezogen, sodass sie nur noch ihr Hemd trug.
La sorella l'aveva spogliata, quindi era in camicia.
Sie hatte in ihrer Bewusstlosigkeit Freiraum gebraucht.
Aveva bisogno di respirare nel suo stato di incoscienza.
Er sah noch, wie die Mutter auf den Vater zulief.
Vide ancora la madre correre verso il padre.
Ihre Röcke rutschten einer nach dem anderen zu Boden.
Le sue gonne scivolarono a terra, una dopo l'altra.
Er sah, wie sie auf den Vater zuging und über ihren Rock stolperte.
La vide avvicinarsi al padre e inciampare nella sua gonna.
Sie umarmte ihn und bat darum, Gregors Leben zu verschonen.
Abbracciandolo, chiese che la vita di Gregor fosse risparmiata.
In völliger Einheit mit seinem Körper versagte auch sein Augenlicht.
In completa unione con il corpo, la sua vista cessò.

Teil Drei

Gregor litt über einen Monat lang unter der schweren Verletzung.

Gregor ha riportato questo grave infortunio per oltre un mese.

Der Apfel steckte fest; niemand wagte es, ihn zu entfernen.

La mela rimase incastrata; nessuno osò rimuoverla.

Der Apfel blieb als sichtbare Erinnerung in seinem Fleisch zurück.

La mela rimase nella sua carne come visibile ricordo.

Der Apfel diente dem Vater aber auch als Erinnerung.

Ma la mela serviva anche come promemoria per il padre.

Ihm wurde klar, dass Gregor nicht wie ein Feind behandelt werden sollte.

Capì che Gregor non doveva essere trattato come un nemico.

Im Moment mag sein Erscheinungsbild traurig und abstoßend wirken.

Al momento il suo aspetto potrebbe essere triste e disgustoso.

Aber dennoch war er ein Mitglied ihrer Familie.

Ma nonostante tutto, era pur sempre un membro della loro famiglia.

Der Widerwille musste überwunden und toleriert werden.

La riluttanza doveva essere ingoiata e tollerata.

Aufgrund seiner Verletzung könnte seine Beweglichkeit für immer verloren sein.

A causa della ferita, la sua mobilità potrebbe essere persa per sempre.

Er kroch immer noch in seinem Zimmer herum, aber viel langsamer.

Continuava a gattonare nella sua stanza, ma molto più lentamente.

Kriechen in irgendeiner Höhe war völlig ausgeschlossen.

Strisciare a qualsiasi altezza era fuori questione.

Gregor erhielt jedoch eine Form der Entschädigung.

Ma Gregor ricevette una qualche forma di risarcimento.

Am Abend wurde ihm die Wohnzimmertür geöffnet.

La sera gli aprirono la porta del soggiorno.

Und er war der Ansicht, dass diese Wiedergutmachungszahlungen vollkommen angemessen seien.

E riteneva che queste riparazioni fossero del tutto adeguate.

Noch vor Einbruch der Dunkelheit begann er, die Tür zu beobachten.

Prima di sera aveva già iniziato a sorvegliare la porta.

Er lag in der Dunkelheit, vom Wohnzimmer aus unsichtbar.

Giaceva nell'oscurità, invisibile dal soggiorno.

Er konnte die ganze Familie an dem beleuchteten Tisch sehen.

Poteva vedere tutta la famiglia seduta al tavolo illuminato.

Nun durfte er ihren Gesprächen zuhören.

Ora gli era permesso ascoltare le loro conversazioni.

Dies unterschied sich deutlich von ihrer vorherigen Vereinbarung.

Questa era una situazione molto diversa dalla precedente.

Die lebhaften Gespräche vergangener Zeiten waren verstummt.

Le vivaci conversazioni di un tempo erano finite.

Das waren die Gespräche, nach denen er sich immer gesehnt hatte.

Erano queste le conversazioni che un tempo desiderava ardentemente.

Als er allein in kleinen Hotelzimmern schlief.

Quando dormiva da solo in piccole stanze d'albergo.

Als er sich in die feuchte Bettwäsche werfen musste.

Quando doveva gettarsi nelle lenzuola umide.

Die Abende verliefen nun meist ruhig und ereignislos.

Ma ormai le serate erano per lo più tranquille e senza eventi.

Der Vater schlief nach dem Abendessen in seinem Sessel ein.

Dopo cena il padre si addormentò sulla poltrona.

Und Mutter und Schwester ermahnten einander zur Stille.

E la madre e la sorella si esortavano a vicenda a fare silenzio.

Die Mutter beugte sich weit über die Lampe und nähte Leinen.
La madre, china sulla luce, cuciva la biancheria.
Sie entwirft jetzt Kleider für eines der Modegeschäfte.
Ora realizza abiti per uno dei negozi di moda.
Wie Gregor hatte auch die Schwester eine Stelle als Verkäuferin angenommen.
Come Gregor, anche la sorella aveva accettato un lavoro come commessa.
Sie lernte abends Stenografie und Französisch.
La sera imparava la stenografia e il francese.
Damit sie später vielleicht eine bessere Arbeitsstelle bekommen könnte.
Così che in seguito avrebbe potuto trovare un lavoro migliore.
Manchmal wachte der Vater von seinem abendlichen Nickerchen auf.
A volte il padre si svegliava dal suo riposino serale.
"Liebling, du nähst heute schon so lange!"
"Tesoro, hai già cucito per così tanto tempo oggi!"
Er schien vergessen zu haben, dass er geschlafen hatte.
Sembrava essersi dimenticato di aver dormito.
Doch er fiel sofort wieder in seinen Schlaf zurück.
Ma subito ricadde nel sonno.
Und Mutter und Schwester lächelten einander müde an.
E la madre e la sorella si sorrisero stancamente.
Der Vater hatte eine seltsame neue Sturheit entwickelt.
Il padre aveva sviluppato una strana, nuova testardaggine.
Selbst zu Hause weigerte er sich, seine Dieneruniform auszuziehen.
Anche a casa si rifiutava di togliersi l'uniforme da servitore.
Und sein Morgenmantel hing nutzlos am Kleiderbügel.
E la sua vestaglia pendeva inutilmente dalla gruccia.
So schlief der Vater, vollständig bekleidet, in seinem Sessel.
Così il padre dormiva, completamente vestito, nella sua poltrona.
Es war, als ob er immer bereit wäre, seinen Dienst zu leisten.
Era come se fosse sempre pronto a rendere il suo servizio.

Als ob er nur auf die Stimme seines Vorgesetzten gewartet hätte.

Come se stesse solo aspettando la voce del suo superiore.

Dies führte dazu, dass seine Uniform an Sauberkeit verlor.

Ciò fece sì che la sua uniforme perdesse la sua pulizia.

Obwohl die Uniform auch nicht neu war, als er sie bekam.

Anche se l'uniforme non era nuova quando l'ha ricevuta.

Und die Mutter tat ihr Bestes, um die Uniform zu pflegen.

E la madre fece del suo meglio per prendersi cura dell'uniforme.

Gregor verbrachte ganze Abende damit, diese Uniform anzusehen.

Gregor passava intere serate a guardare questa uniforme.

Er beobachtete, wie der alte Mann äußerst unbequem schlief.

Osservò il vecchio dormire in modo molto scomodo.

Doch im Schlaf bemerkte er auch etwas Friedliches.

Ma nel sonno notò anche qualcosa di pacifico.

Als die Uhr zehn schlug, versuchte die Mutter, ihn zu wecken.

Quando l'orologio suonò le dieci, la madre cercò di svegliarlo.

Sie sprach leise und überredete ihn, ins Bett zu gehen.

Parlò a bassa voce e lo convinse ad andare a letto.

Denn auf dem Sessel zu schlafen war kein richtiger Schlaf.

Perché dormire sulla poltrona non era un vero sonno.

Er musste um sechs Uhr mit der Arbeit beginnen.

Avrebbe dovuto iniziare a lavorare alle sei.

Deshalb musste er unbedingt so gut wie möglich schlafen.

Quindi aveva davvero bisogno di dormire il più possibile.

Doch er war von einer neuen Form der Sturheit ergriffen.

Ma era stato preso da una nuova forma di testardaggine.

Die Tatsache, dass er Diener geworden war, hatte begonnen, diese Wirkung auf ihn zu haben.

Diventare un servitore aveva cominciato ad avere questo effetto su di lui.

Deshalb bestand er immer darauf, länger am Tisch zu bleiben.

Per questo insisteva sempre per restare più a lungo a tavola.
Obwohl er regelmäßig wieder in seinem Sessel einschlief.
Anche se poi si addormentava regolarmente sulla sedia.
Und er ließ sich nur mit größter Mühe bewegen.
E poteva essere spostato solo con grandissima difficoltà.
Man musste ihm erklären, dass das Bett besser für ihn wäre.
Bisognava dirgli che il letto sarebbe stato meglio per lui.
Mutter und Schwester mussten nachdrücklich darauf bestehen, oft mit nur wenigen Vorwarnungen.
La madre e la sorella dovettero insistere con piccoli avvertimenti.
Fünfzehn Minuten lang schüttelte er nur langsam den Kopf.
Per quindici minuti scosse lentamente la testa.
Und er hielt die Augen geschlossen und weigerte sich aufzustehen.
E lui teneva gli occhi chiusi e si rifiutava di alzarsi.
Die Mutter zupfte sanft, aber bestimmt an seinem Ärmel.
La madre gli tirò la manica, delicatamente ma con fermezza.
Und sie flüsterte ihm schmeichelhafte Worte in seine müden Ohren.
E gli sussurrò parole lusinghiere nelle orecchie stanche.
Die Schwester unterbrach ihre Arbeit, um ihrer Mutter zu helfen.
La sorella lasciò il compito che stava svolgendo per aiutare la madre.
Doch keiner ihrer Versuche zeigte Wirkung beim Vater.
Ma nessuno dei loro sforzi funzionò sul padre.
Er sank noch tiefer in seinen Stuhl, bereit zum Schlafen.
Si sprofondò ancora di più nella sedia, pronto a dormire.
Und schließlich packten ihn die Frauen unter den Achseln.
E infine le donne lo afferrarono sotto le ascelle.
Er öffnete die Augen und blickte sie abwechselnd an.
Aprì gli occhi e li guardò alternativamente.
„Was für ein Leben!", klagte er beim Zubettgehen.
"Che vita è questa!" si lamentò andando a letto.
"Ist das der Frieden, der mir im Alter zuteilwurde?"
"È questa la pace che mi è stata data nella mia vecchiaia?"

Doch dann stützte er sich auf die beiden Frauen und stand unbeholfen auf.

Ma poi, appoggiandosi alle due donne, si alzò goffamente.

Er tat so, als trüge er die schwerste Last.

Si comportò come se stesse portando il fardello più pesante.

Er ließ sich von den beiden Frauen bis ans andere Ende des Raumes führen.

Lasciò che le due donne lo conducessero in fondo alla stanza.

Dort wünschte er ihnen eine gute Nacht und ging dann allein weiter.

Lì augurò loro la buonanotte e proseguì per conto suo.

Doch die Mutter warf hastig ihr Nähzeug hin.

Ma la madre gettò via in fretta il suo kit da cucito.

Und auch die Schwester legte den Stift und den Notizblock beiseite.

E anche la sorella posò la penna e il blocco note.

Und sie liefen hinter dem Vater her, um ihm weiter zu helfen.

E corsero dietro al padre per aiutarlo ulteriormente.

Wer in dieser überarbeiteten Familie hatte schon Zeit für Gregor?

Chi in questa famiglia oberata di lavoro aveva tempo per Gregor?

Wer hätte ihm mehr Aufmerksamkeit schenken können als nötig?

Chi avrebbe potuto prestargli più attenzione del necessario?

Das Haushaltsbudget wurde zunehmend eingeschränkt.

Il bilancio familiare divenne sempre più limitato.

Um Geld zu sparen, mussten sie schließlich das Dienstmädchen entlassen.

Alla fine, per risparmiare denaro, dovettero licenziare la cameriera.

Sie wurde durch eine stämmige, weißhaarige Frau ersetzt.

Fu sostituita da una donna robusta e dai capelli bianchi.

Diese Frau kam jedoch nur morgens und abends.

Ma questa donna veniva solo la mattina e la sera.

Und die schwerste und härteste Arbeit wurde ihr
aufgehoben.
E tutto il lavoro più pesante e duro era riservato a lei.
Alle anderen Hausarbeiten wurden von der Mutter erledigt.
Tutte le altre faccende erano svolte dalla madre.
Es kam sogar vor, dass verschiedene
Familienschmuckstücke verkauft wurden.
Capitò addirittura che venissero venduti alcuni gioielli di
famiglia.
Schmuck, den die Frauen bei Feierlichkeiten mit Freude
getragen hatten.
Gioielli che le donne indossavano volentieri durante le
celebrazioni.
Gregor erfuhr dies in einer der allgemeinen Diskussionen.
Gregor lo apprese da una delle discussioni generali.
Die größte Beschwerde betraf jedoch etwas anderes.
La lamentela più grande, tuttavia, era un'altra.
Die Wohnung war zu groß, aber sie konnten nicht
ausziehen.
L'appartamento era troppo grande, ma non potevano
andarsene.
Es gab keine Möglichkeit, Gregor umzusiedeln.
Non c'era modo che potessero trasferire Gregor.
Gregor erkannte jedoch, dass es nicht nur um
Rücksichtnahme ging.
Ma Gregor si rese conto che non si trattava solo di
considerazione.
Etwas anderes hielt sie davon ab, woanders hinzuziehen.
Qualcos'altro impedì loro di spostarsi altrove.
Er hätte problemlos in einer geeigneten Kiste transportiert
werden können.
Avrebbe potuto essere facilmente trasportato in una scatola
adatta.
Ihre Gefühle völliger Hoffnungslosigkeit hielten sie zurück.
Il loro senso di totale disperazione li trattenne.
Sie wollten sich nicht eingestehen, dass sie vom Unglück
getroffen worden waren.

Non volevano ammettere che la sfortuna li aveva colpiti.
Was die Welt von armen Menschen verlangt, das haben sie erfüllt.
Ciò che il mondo chiede ai poveri, loro lo soddisfano.
Der Vater holte dem kleinen Bankangestellten das Frühstück.
Il padre andò a prendere la colazione per il piccolo impiegato di banca.
Die Mutter opferte sich für die Wäsche von Fremden auf.
La madre si è sacrificata per lavare i panni degli sconosciuti.
Die Schwester rannte hin und her, um die Bestellungen der Kunden aufzunehmen.
La sorella correva avanti e indietro per prendere le ordinazioni dei clienti.
Aber sie hatten einfach nicht mehr die Kraft, irgendetwas weiter zu tun.
Ma non avevano più la forza di fare altro.
Die Wunde in Gregors Rücken schmerzte nun noch mehr.
La ferita sulla schiena di Gregor cominciò a fargli ancora più male.
Jeden Abend brachten Mutter und Schwester den Vater ins Bett.
Ogni notte la madre e la sorella portavano il padre a letto.
Sie ließen ihre Arbeit liegen und setzten sich zusammen.
Lasciarono il lavoro dov'era e si sedettero insieme.
Und sie rückten näher zusammen und saßen Wange an Wange.
E si avvicinarono ancora di più e si sedettero guancia a guancia.
Die Mutter zeigte auf das Zimmer, von dem aus er zusah.
La madre indicò la stanza da dove lui osservava.
"Würdest du die Tür schließen?", fragte sie die Schwester.
"Potresti chiudere la porta?" chiese alla sorella.
Und dann war Gregor wieder allein in der Dunkelheit.
E poi Gregor rimase di nuovo solo al buio.
Und im Nebenzimmer vermischten die Frauen ihre Tränen.
E nella stanza accanto la donna mescolava le loro lacrime.

Oder sie saßen mit trockenen Augen da und starrten einfach nur auf den Tisch.

Oppure restavano seduti con gli occhi asciutti, fissando semplicemente il tavolo.

Gregor schlief kaum, weder nachts noch tagsüber.

Gregor non dormiva quasi mai, né di notte né di giorno.

Er dachte oft darüber nach, wie er der Familie helfen könnte.

Pensava spesso a come avrebbe potuto aiutare la famiglia.

Er dachte darüber nach, das Geld wieder für sie zu verdienen.

Pensò di guadagnare di nuovo quei soldi per loro.

Er dachte darüber nach, das zu tun, was er früher für sie getan hatte.

Pensò di fare per loro quello che faceva prima.

In seinen Gedanken erschien der Bevollmächtigte wieder.

Nei suoi pensieri tornò il rappresentante autorizzato.

Und dieses Mal kam auch der Chef in die Wohnung.

E questa volta anche il capo è venuto nell'appartamento.

Und die Angestellten und die Lehrlinge waren auch da.

E c'erano anche gli impiegati e gli apprendisti.

Sogar der etwas begriffsstutzige Büroangestellte kam, um ihn zu sehen.

Persino il lento impiegato d'ufficio venne a trovarlo.

Es waren zwei oder drei Freunde aus anderen Branchen dabei.

C'erano due o tre amici di altre aziende.

Eine der Zimmermädchen aus einem Hotel in der Provinz.

Una delle cameriere di un albergo di provincia.

Eine kostbare und flüchtige Erinnerung, an der er festzuhalten versuchte.

Un ricordo caro e fugace a cui cercava di aggrapparsi.

Eine Kassiererin aus einem Hutgeschäft, für die er Absichten hatte.

Un cassiere di un negozio di cappelli verso il quale aveva delle intenzioni.

Doch er war etwas zu langsam gewesen, um ihre Zustimmung zu gewinnen.

Ma era stato un po' troppo lento nel conquistare la sua approvazione.

Sie alle tauchten in seinen Gedanken auf, vermischt mit Fremden.

Tutti apparivano nei suoi pensieri, mescolati a sconosciuti.

Und andere erschienen nicht; sie waren bereits vergessen.

E altri non si sono fatti vedere: erano già stati dimenticati.

Aber sie halfen weder ihm noch seiner Familie.

Ma non lo aiutarono, né aiutarono la famiglia.

Sie waren unzugänglich, und er war froh, als sie weg waren.

Erano inaccessibili e lui fu contento quando se ne andarono.

Er war nicht immer in der Stimmung, sich Sorgen um die Familie zu machen.

Non era sempre dell'umore giusto per preoccuparsi della famiglia.

Und er war voller Wut über die mangelnde Aufmerksamkeit.

E si riempì di rabbia per la mancanza di attenzione.

Und er konnte sich nichts vorstellen, worauf er Appetit hätte.

E non riusciva a immaginare nulla che gli facesse gola.

Doch er schmiedete trotzdem Pläne, in die Speisekammer einzubrechen.

Ma continuava a progettare di introdursi nella dispensa.

Und er würde sich alles nehmen, was ihm zustand.

E avrebbe preso tutto ciò che si meritava.

Die Schwester bemühte sich nicht mehr besonders um ihn.

La sorella non faceva più alcuno sforzo particolare per lui.

Sie verschwendete keine Zeit mehr damit, darüber nachzudenken, wie sie ihm gefallen könnte.

Non passava più tempo a pensare a come compiacerlo.

Vor der Arbeit schob sie schnell etwas zu essen ins Zimmer.

Prima di andare al lavoro portò velocemente del cibo nella stanza.

Und am Abend kehrte sie die Essensreste schnell wieder zusammen.

E la sera spazzò di nuovo velocemente il cibo.

Ob er gegessen hatte oder nicht, bemerkte sie nicht mehr.
Non si accorse più se lui avesse mangiato o meno.
In den meisten Fällen blieb das Essen nun unberührt.
Ormai il cibo restava il più delle volte intatto.
Abends huschte sie immer noch schnell durch den Raum.
Anche la sera attraversava rapidamente la stanza.
Doch nun tat sie nur das Nötigste, und zwar so schnell wie möglich.
Ma ora faceva il minimo indispensabile, il più velocemente possibile.
An den Mauern zogen sich Spuren von Schmutz entlang.
Lungo le pareti erano rimaste delle strisce di sporco.
Auf dem Boden lagen Staub- und Müllklumpen.
Sul pavimento erano rimasti cumuli di polvere e spazzatura.
Gregor missbilligte ihre Nachlässigkeit.
Gregor mostrò la sua disapprovazione per la sua mancanza di cure.
Er drehte sich in einem besonders markanten Winkel.
Si girò con un'angolazione particolarmente significativa.
Aber er hätte wochenlang in dieser Position bleiben können.
Ma avrebbe potuto restare in quella posizione per settimane.
Seine Schwester hätte seine Unzufriedenheit nicht bemerkt.
Sua sorella non avrebbe notato la sua insoddisfazione.
Sie sah den Dreck genauso gut wie er, wenn nicht sogar besser.
Vedeva la terra altrettanto bene quanto lui, se non meglio.
Aber sie hatte beschlossen, den Dreck dort zu lassen, wo er war.
Ma aveva deciso di lasciare la terra dov'era.
Damals entwickelte sie eine völlig neue Sensibilität.
A quel tempo adottò una sensibilità completamente nuova.
Sie hatte es sich zur Aufgabe gemacht, Gregors Zimmer zu reinigen.
Si era fatta carico della pulizia della stanza di Gregor.
Die Familie war von ihrer freundlichen Rücksichtnahme sehr berührt.
La famiglia è rimasta colpita dalla sua gentile premura.

Einst hatte die Mutter sein Zimmer gründlich gereinigt.
Una volta la madre aveva pulito a fondo la sua stanza.
Erst nachdem sie mehrere Eimer Wasser verbraucht hatte, gelang es ihr.
Ci riuscì solo dopo aver usato qualche secchio d'acqua.
Die neu aufgetretene Feuchtigkeit im Zimmer schadete Gregor jedoch.
Tuttavia, la nuova umidità nella stanza nuoceva a Gregor.
Und er lag breitbeinig, verbittert und regungslos auf dem Sofa.
E lui giaceva immobile, amareggiato e largo sul divano.
Doch das war nur ihre erste Strafe für ihre Hilfeleistung.
Ma quella fu solo la prima punizione per averla aiutata.
Die Schwester bemerkte schnell die Veränderung in Gregors Zimmer.
La sorella notò subito il cambiamento nella stanza di Gregor.
Und sie rannte, zutiefst beleidigt, ins Wohnzimmer.
E corse in soggiorno, profondamente offesa.
Ihre Mutter hob die Hände und versuchte, sie zu beschwören.
Sua madre alzò le mani e cercò di implorarla.
Doch trotz einer aufrichtigen Erklärung brach sie in Tränen aus.
Ma nonostante una spiegazione sincera, scoppiò a piangere.
Der Vater erschrak natürlich und fuhr aus seinem Stuhl hoch.
Il padre, naturalmente, si alzò di soprassalto dalla sedia.
Und die beiden Eltern schauten fassungslos und hilflos zu.
E i due genitori guardavano, stupiti e impotenti.
Und schließlich gerieten auch ihre Gefühle in Aufruhr.
E alla fine anche le loro emozioni si agitarono.
Der Vater warf der Mutter vor, was sie getan hatte.
Il padre rimproverò la madre per ciò che aveva fatto.
"Du hättest das Zimmer Grete zum Putzen überlassen sollen."
"Avresti dovuto lasciare la stanza a Grete perché la pulisse."

Grete schrie die Mutter an, weil sie sein Zimmer aufgeräumt hatte.

Grete urlò alla madre perché gli stava pulendo la stanza.

„Du darfst sein Zimmer nie wieder putzen!"

"Non ti sarà mai più permesso pulire la sua stanza!"

Die Mutter versuchte, den Vater ins Schlafzimmer zu zerren.

La madre ha cercato di trascinare il padre in camera da letto.

Die Schwester blieb zitternd und schluchzend im Zimmer zurück.

La sorella rimase nella stanza, tremante e singhiozzante.

Und sie hämmerte mit ihren kleinen Fäustchen auf den Tisch.

E batté i suoi piccoli pugni sul tavolo.

Und Gregor zischte sie alle lautstark vor Wut an.

E Gregor sibilò forte e arrabbiato contro tutti loro.

Warum war niemand auf die Idee gekommen, ihm die Tür zu schließen?

Perché nessuno aveva pensato di chiudergli la porta?

Sie hätten ihm diesen Anblick und Lärm ersparen können.

Avrebbero potuto risparmiargli questa vista e questo rumore.

Die Schwester war erschöpft, als sie von der Arbeit nach Hause kam.

La sorella era esausta dopo essere tornata a casa dal lavoro.

Und die Betreuung von Gregor bedeutete für sie noch mehr Arbeit.

E prendersi cura di Gregor era ancora più impegnativo per lei.

Das bedeutete aber nicht, dass die Mutter es hätte tun sollen.

Ma ciò non significava che la madre avrebbe dovuto farlo.

Gregor hingegen sollte nicht vernachlässigt werden.

Gregor, d'altra parte, non dovrebbe essere trascurato.

Aber jetzt hatten sie ein neues Dienstmädchen, das solche Dinge tun konnte.

Ma ora avevano una nuova domestica che sapeva fare queste cose.

Eine ältere Witwe mit kräftigem Knochenbau.

Un'anziana vedova dalla struttura ossea robusta.

Eine Statur, die ihr half, ihr schwieriges Leben zu überstehen.

Una statura che l'ha aiutata a sopravvivere alla sua vita difficile.

Sie hatte keine wirkliche Abneigung gegen Gregors Erscheinung.

Non provava alcuna vera avversione per l'aspetto di Gregor.

Sie hatte versehentlich die Tür zu Gregors Zimmer geöffnet.

Aveva aperto accidentalmente la porta della stanza di Gregor.

Es geschah nicht aus besonderer Neugierde bezüglich des Zimmers.

Non era dettato da una particolare curiosità per la stanza.

Sie tat lediglich ihre Arbeit und öffnete dabei zufällig die Tür.

Stava semplicemente facendo il suo lavoro e per caso aprì la porta.

Gregor war natürlich völlig überrascht von ihr.

Gregor, naturalmente, ne fu completamente sorpreso.

Er wurde nicht verfolgt, aber er rannte hin und her.

Non era inseguito, ma correva avanti e indietro.

Und sie verschränkte einfach die Arme und sah ihm beim Krabbeln zu.

E lei incrociò le braccia e lo guardò strisciare.

Seitdem hat sie ihm immer einen Spaltbreit die Tür geöffnet.

Da allora, lei gli ha sempre aperto un po' la porta.

Eines Morgens schaute sie nach ihm, um zu sehen, wie es ihm ging.

Una mattina andò a vedere come stava.

Und am Abend sah sie nach ihm, bevor sie ging.

E la sera andò a controllare come stava, prima di andarsene.

Zuerst versuchte sie auch, ihn zu sich zu rufen.

All'inizio cercò anche di chiamarlo perché venisse da lei.

„Komm her, du alter Mistkäfer!", pflegte sie zu sagen.

"Vieni qui, vecchio scarabeo stercorario!" diceva sempre.

Oder sie sagte freundlich: „Schau dir den alten Mistkäfer an!"

Oppure diceva gentilmente: "Guarda quel vecchio scarabeo stercorario!".

Gregor reagierte nie darauf, wenn man so mit ihm sprach.
Gregor non reagì mai quando gli si rivolse quel modo.
Er blieb stehen, ohne sich zu rühren, und ignorierte sie.
Lui rimase lì, immobile, e la ignorò.
„Wenn man ihr doch nur gesagt hätte, wie man ihre Arbeit richtig macht."
"Se solo le avessero detto come svolgere correttamente il suo lavoro."
„Anstatt mich zu belästigen, sollte sie lieber mein Zimmer aufräumen."
"Invece di disturbarmi dovrebbe pulire la mia stanza."
Eines Morgens prasselte ein heftiger Regenguss gegen die Fenster.
Una volta, la mattina presto, una forte pioggia colpì le finestre.
Vielleicht war der Regen bereits ein Zeichen für den kommenden Frühling.
Forse la pioggia era già un segno dell'arrivo della primavera.
Das Dienstmädchen begann wieder auf diese Weise mit ihm zu sprechen.
La cameriera ricominciò a parlargli in quel modo.
Gregor war so verbittert, dass er sich umdrehte und ihr ins Gesicht sah.
Gregor era così amareggiato che si voltò verso di lei.
Er war langsam und gebrechlich, aber es war eine Art Angriff.
Era lento e infermo, ma si è trattato di una specie di attacco.
Das Dienstmädchen hingegen hatte überhaupt keine Angst vor Gregor.
La cameriera, tuttavia, non aveva affatto paura di Gregor.
Stattdessen hob sie einen Stuhl hoch, der in der Nähe der Tür stand.
Invece, sollevò una sedia che si trovava vicino alla porta.
Und sie stand da, ganz ruhig, mit weit geöffnetem Mund.
E lei rimase lì, calma, con la bocca spalancata.

Ihre Absichten waren klar, das konnte sogar Gregor erkennen.

Le sue intenzioni erano chiare, perfino Gregor se ne rendeva conto.

Und er drehte sich langsam um und kehrte zu seinem ursprünglichen Platz zurück.

E si voltò lentamente, tornando alla sua posizione originale.

"Sie wollen also nicht näher kommen, oder?"

"Quindi non vuoi avvicinarti ulteriormente, vero?"

Und sie stellte den Stuhl leise wieder in die Ecke.

E rimise silenziosamente la sedia nell'angolo.

Gregor aß kaum noch etwas.

Gregor ormai non mangiava quasi più niente.

Manchmal blieb er bei seinen Rundgängen im Zimmer stehen.

A volte, mentre camminava per la stanza, si fermava.

Und er befand sich neben dem für ihn zubereiteten Essen.

E si ritrovò accanto al cibo preparato per lui.

Er steckte sich das Essen in den Mund, aber nur, um damit zu spielen.

Si mise il cibo in bocca, ma solo per giocarci.

Und nicht selten spuckte er es nach ein paar Stunden wieder aus.

E molto spesso lo sputava di nuovo dopo qualche ora.

Er versuchte, einen Grund für seinen Appetitverlust zu finden.

Cercò di trovare una ragione per la sua mancanza di appetito.

Vielleicht, weil er mit dem Zustand seines Zimmers unzufrieden war.

Forse perché era triste per lo stato della sua stanza.

Aber er hatte sich mit den Veränderungen im Raum abgefunden.

Ma aveva fatto i conti con i cambiamenti avvenuti nella stanza.

In letzter Zeit hatte sich sein Zimmer in eine Art Abstellraum verwandelt.

Ultimamente la sua stanza era diventata una specie di ripostiglio.

Sie hatten sich angewöhnt, Dinge dort liegen zu lassen.

Avevano preso l'abitudine di lasciare le cose lì.

Und nun lagen noch viele solcher Dinge in seinem Zimmer.

E ora nella sua stanza c'erano ancora molte cose del genere.

Weil ein Zimmer der Wohnung vermietet worden war.

Perché una stanza dell'appartamento era stata affittata.

Drei ernsthafte Herren mieteten das Zimmer gemeinsam.

Tre seri signori affittavano insieme la stanza.

Gregor hat sie einmal durch einen Türspalt erblickt.

Una volta Gregor li notò attraverso una fessura della porta.

Sie trugen Vollbärte und waren penibel gekleidet.

Avevano la barba folta ed erano vestiti in modo molto curato.

Sie achteten penibel darauf, dass alles ordentlich blieb.

Erano scrupolosi nel mantenere tutto in ordine.

Ihr Hang zur Ordnung beschränkte sich nicht nur auf ihr Zimmer.

La loro insistenza sull'ordine non si limitava alla loro stanza.

Die gesamte Wohnung musste tadellos sauber gehalten werden.

L'intero appartamento doveva essere mantenuto perfettamente pulito.

Sie legten sogar noch mehr Wert auf das Aussehen der Küche.

Erano ancora più esigenti riguardo all'aspetto della cucina.

Und unnötigen Unrat konnten sie nicht dulden.

E non potevano tollerare alcun disordine inutile.

Sie hatten auch ihre eigenen Möbel mitgebracht.

Avevano portato con sé anche i propri mobili.

Aus diesem Grund waren viele Dinge überflüssig geworden.

Per questo motivo molte cose erano diventate superflue.

Das waren Dinge, für die niemand Geld bezahlen würde.

Erano cose per cui nessuno avrebbe pagato.

Die Familie wollte diese Dinge aber auch nicht wegwerfen.

Ma la famiglia non voleva nemmeno buttare via queste cose.

All diese Dinge landeten irgendwo in Gregors Zimmer.

Tutte queste cose finirono da qualche parte nella stanza di Gregor.

Der Aschenbecher aus der Küche stand nun in seinem Zimmer.

Ora la scatola della cenere della cucina era tenuta nella sua stanza.

Und der Müll wurde bis zum Abholtag in seinem Zimmer aufbewahrt.

E la spazzatura veniva tenuta nella sua stanza fino al giorno della raccolta dei rifiuti.

Das Dienstmädchen warf alles, was sie nicht brauchte, in sein Zimmer.

La cameriera buttava nella sua stanza tutto ciò di cui non aveva bisogno.

Zum Glück sah er nichts weiter als die Hand und den Gegenstand.

Fortunatamente non vide altro che la mano e l'oggetto.

Sie hatte wahrscheinlich vor, die Sachen später abzuholen.

Probabilmente intendeva tornare a prendere quelle cose più tardi.

Oder vielleicht wollte sie einfach alles auf einmal wegwerfen.

O forse voleva buttare via tutto in una volta.

Doch alles blieb dort, wo es ursprünglich gelandet war.

Tuttavia, tutto rimase dove era atterrato inizialmente.

Es sei denn, Gregor bewegte den Schrott, indem er sich hindurchzwängte.

A meno che Gregor non spostasse la roba strisciandoci dentro.

Zuerst musste er sich durch den ganzen Schrott hindurchkriechen.

All'inizio fu costretto a strisciare tra tutta quella spazzatura.

Es gab für ihn keine Möglichkeit, dies zu vermeiden.

Non aveva alcuna possibilità di evitarlo.

Später fand er jedoch tatsächlich Freude an dieser Tätigkeit.

Ma in seguito trovò davvero piacere in questa attività.

Diese Anstrengung hinterließ ihn jedoch traurig und zutiefst erschöpft.

Sebbene tale sforzo lo lasciasse triste e profondamente stanco.

Und danach war er viele Stunden lang bewegungsunfähig.

E dopo non riuscì a muoversi per molte ore.

Die Untermieter aßen manchmal im Wohnzimmer.

A volte gli inquilini consumavano i pasti nel soggiorno.

Die Wohnzimmertür blieb an diesen Abenden geschlossen.

La porta del soggiorno rimaneva chiusa quelle sere.

Gregor hatte aber keine Schwierigkeiten, die Tür jetzt nicht zu öffnen.

Ma Gregor non ebbe difficoltà a non aprire la porta.

Selbst wenn die Tür offen war, schaute er nicht immer hinaus.

Anche quando la porta era aperta, non guardava sempre fuori.

Doch er legte sich in die dunkelste Ecke des Zimmers.

Ma lui si sdraiò nell'angolo più buio della stanza.

Auch der Familie fiel seine mangelnde Aufmerksamkeit nicht auf.

Nemmeno la famiglia notò la sua mancanza di attenzione.

Doch einmal ließ das Dienstmädchen die Tür offen.

Ma una volta la cameriera lasciò la porta aperta.

Die Tür blieb auch dann offen, als die Mieter zurückkehrten.

La porta rimase aperta anche quando gli inquilini tornarono.

Und die Tür war offen, als das Licht eingeschaltet wurde.

E la porta era aperta quando la luce è stata accesa.

Der Mann saß an dem Tisch, an dem die Familie zu Abend aß.

L'uomo era seduto al tavolo dove la famiglia stava cenando.

Vater, Mutter und Gregor saßen dort in früheren Zeiten.

In passato, lì sedevano padre, madre e Gregor.

Sie entfalteten die Servietten und nahmen Messer und Gabeln.

Aprirono i tovaglioli e presero coltelli e forchette.

Die Mutter erschien mit einer Schüssel Fleisch in der Tür.

La madre apparve sulla porta con una ciotola di carne.

**Dann kam die Schwester mit einer Schüssel voller
Kartoffeln herein.**
Poi entrò la sorella con una ciotola piena di patate.
**Die Untermieter beugten sich über die vor ihnen
aufgestellten Schüsseln.**
Gli inquilini si chinarono sulle ciotole poste davanti a loro.
Der dichte Rauch des Essens stieg ihnen bis in die Nasen.
Il denso fumo del cibo saliva fino alle loro narici.
**Aber sie hatten noch nicht entschieden, ob sie das Essen
essen würden.**
Ma non avevano ancora deciso se avrebbero mangiato quel
cibo.
**Vielleicht würden sie das Essen zurück in die Küche
schicken.**
Forse avrebbero rimandato il pasto in cucina.
Der Mann in der Mitte schien die Autoritätsperson zu sein.
L'uomo seduto al centro sembrava essere l'autorità.
**Er schnitt das Fleisch an, um festzustellen, ob es zart genug
war.**
Tagliò la carne per vedere se era abbastanza tenera.
Er war zufrieden mit dem Geruch und Aussehen des Essens.
Era soddisfatto dell'odore e dell'aspetto del cibo.
**Die Mutter und die Schwester hatten sie ängstlich
beobachtet.**
La madre e la sorella li osservavano con ansia.
**Und sie begannen zu lächeln, begleitet von einem Seufzer
der aufgestauten Erleichterung.**
E cominciarono a sorridere con un sospiro di sollievo.
Die Familie selbst wollte in der Küche essen.
La famiglia stessa avrebbe mangiato in cucina.
Doch zuerst ging der Vater nach den Untermietern sehen.
Ma prima il padre andò a controllare gli inquilini.
**Er verbeugte sich einmal und hielt dabei seine Arbeitsmütze
in der Hand.**
Fece un inchino, tenendo in mano il berretto da lavoro.
**Und er ging einmal im Kreis um den Tisch herum, zu jedem
Gast.**

E fece un giro intorno al tavolo, verso ogni ospite
Die Untermieter standen alle auf und murmelten in ihre Bärte.
Tutti gli inquilini si alzarono in piedi, borbottando tra le loro barbe.
Nachdem er gegangen war, aßen sie in fast völliger Stille.
Dopo che se ne fu andato mangiarono in un silenzio quasi assoluto.
Gregor fand es seltsam, dass er Kaugeräusche hörte.
A Gregor sembrava strano sentire qualcuno che masticava.
Kein anderer Aspekt des Essens schien Geräusche zu verursachen.
Nessun altro aspetto del mangiare sembrava produrre alcun suono.
Aber er konnte deutlich hören, wie Zähne aufeinander knirschten.
Ma riusciva a sentire distintamente i denti digrignare.
Sie schienen ihm sagen zu wollen, dass er Zähne zum Essen brauche.
Sembrava che gli stessero dicendo che aveva bisogno di denti per mangiare.
"Ohne Zähne im Kiefer kann man gar nichts machen."
"Non puoi fare nulla se hai le mascelle senza denti."
„Ich möchte etwas essen", sagte Gregor ängstlich.
"Vorrei mangiare qualcosa", disse Gregor ansioso.
„Aber ich habe keinen Appetit auf das, was ihr alle esst."
"Ma non ho appetito per quello che state mangiando."
„Seht euch an, wie diese Mieter essen, und ich verhungere hier."
"Guarda come mangiano questi inquilini, e io sono qui a morire di fame."
Gregor dachte an diesem Abend zufällig an die Geige.
Quella sera Gregor pensò per caso al violino.
Er hatte die Geige seit der Verwandlung nicht mehr gehört.
Non aveva più sentito il violino dopo la trasformazione.
Doch dann, an diesem Abend, ertönte ein Geräusch aus der Küche.

Ma poi, quella sera, un rumore provenne dalla cucina.

Die Herren hatten ihr Abendessen bereits beendet.

I signori avevano già terminato la cena.

Der mittlere Herr hatte begonnen, eine Zeitung zu lesen.

Il signore di mezzo aveva iniziato a leggere un giornale.

Den beiden anderen Herren hatte er jeweils ein Blatt gegeben.

Aveva dato un foglio a ciascuno degli altri due signori.

Und nun lehnten sie sich zurück, lasen und rauchten.

E ora se ne stavano seduti, leggendo e fumando.

Als die Geige zu spielen begann, wurden sie aufmerksam.

Quando il violino cominciò a suonare, diventarono attenti.

Sie standen auf und gingen auf Zehenspitzen zur Tür des Vorzimmers.

Si alzarono e camminarono in punta di piedi verso la porta dell'anticamera.

Hier standen sie eng beieinander und lauschten an der Tür.

Rimasero lì, rannicchiati l'uno contro l'altro, ad ascoltare dalla porta.

Die Familie muss die Männer aus der Küche gehört haben.

La famiglia deve aver sentito gli uomini dalla cucina.

Denn der Vater rief sie und fragte sie:

Perché il padre li chiamò e chiese loro:

"Ist die Geige für die Herren vielleicht unbequem?"

"Forse il violino è scomodo per i signori?"

„Wenn Ihnen die Musik nicht gefällt, können wir sofort aufhören."

"Se non ti piace la musica possiamo fermarci immediatamente."

„Im Gegenteil", sagte der mittlere der beiden Herren.

«Al contrario», disse il mezzo dei signori.

Möchte die junge Dame in unserem Zimmer Geige spielen?

"La signorina vorrebbe suonare il violino nella nostra stanza?"

„Hier ist es definitiv viel komfortabler und gemütlicher."

"Qui è decisamente molto più comodo e accogliente."

Der Vater antwortete, als wäre er selbst der Geiger.

Il padre rispose come se fosse lui stesso il violinista.

"Oh bitte, das wäre wunderbar", rief der Vater.

"Oh, per favore, sarebbe meraviglioso", esclamò il padre.

Die Herren kehrten ins Wohnzimmer zurück und warteten.

I signori tornarono in soggiorno e aspettarono.

Bald darauf kam der Vater mit dem Notenständer ins Zimmer.

Poco dopo il padre entrò nella stanza con il leggio.

Die Mutter kam mit dem Notenbuch ins Zimmer.

La madre entrò nella stanza con il libro di musica.

Und die Schwester kam mit der Geige ins Zimmer.

E la sorella entrò nella stanza con il violino.

Sie bereitete in aller Ruhe alles vor, um Geige zu spielen.

Preparò con calma tutto per suonare il violino.

Die Eltern übertrieben ihre Höflichkeit und ihr Benehmen.

I genitori esagerarono nella cortesia e nelle buone maniere.

Sie hatten zuvor noch nie Zimmer an Untermieter vermietet.

Non avevano mai affittato stanze a degli inquilini prima.

Und sie trauten sich nicht einmal, auf ihren eigenen Stühlen zu sitzen.

E non osavano nemmeno sedersi sulle loro sedie.

Statt sich hinzusetzen, lehnte sich der Vater gegen die Tür.

Invece di sedersi, il padre si appoggiò alla porta.

Seine rechte Hand befand sich zwischen zwei Knöpfen seines Mantels.

La sua mano destra era tra due bottoni del cappotto.

Der Mutter wurde jedoch von einem Herrn ein Stuhl angeboten.

Alla madre, tuttavia, fu offerta una sedia da un signore.

Aber sie setzte sich an die Stelle, wo der Herr den Stuhl hingestellt hatte.

Ma lei si sedette dove il signore aveva messo la sedia.

Und er hatte den Stuhl nicht an einem bestimmten Ort aufgestellt.

E non aveva messo la sedia in nessun posto particolare.

So saß die Mutter abseits von allen anderen in einer Ecke.

Così la madre si sedette in un angolo, lontana da tutti.

Und schließlich begann die Schwester Geige zu spielen.

E infine la sorella cominciò a suonare il violino.
Die Eltern auf den gegenüberliegenden Seiten beobachteten das Geschehen aufmerksam.
I genitori, su fronti opposti, prestarono molta attenzione.
Und sie beobachteten jede Bewegung ihrer Hand genau.
E osservavano attentamente ogni movimento della sua mano.
Gregor war auch vom Geigenspiel fasziniert.
Gregor era attratto anche dal suonare il violino.
Und er wagte sich ein Stück weiter aus seinem Zimmer hinaus.
E si avventurò un po' più lontano fuori dalla sua stanza.
Er hatte den Kopf schon im Wohnzimmer.
Lui era già con la testa dentro il soggiorno.
Er war stets sehr stolz darauf, besonders rücksichtsvoll zu sein.
Un tempo era molto orgoglioso di essere molto premuroso.
Doch in letzter Zeit hinterfragte er seine Nachlässigkeit kaum noch.
Ma ultimamente non ha più messo in discussione la sua mancanza di cure.
Auch wenn er jetzt mehr Grund hatte, sich zu verstecken als zuvor.
Anche se ora aveva più motivi di nascondersi rispetto a prima.
Weil sein Zimmer mit Staub und allerlei Schmutz bedeckt war.
Perché la sua stanza era ricoperta di polvere e sporcizia varia.
Die geringste Bewegung wirbelte allerlei Schmutz auf.
Il minimo movimento sollevava ogni sorta di sporcizia.
Der ganze Dreck klebte an ihm: Staub, Haare, Essensreste.
Tutto quello sporco gli era rimasto attaccato: polvere, capelli, resti di cibo.
Er hätte den Schmutz am Teppich abreiben können.
Avrebbe potuto strofinare via lo sporco sul tappeto.
Das tat er mehrmals täglich.
Era un'operazione che faceva più volte al giorno.
Doch seine Gleichgültigkeit gegenüber allem war viel zu groß.

Ma la sua indifferenza verso tutto era troppo grande.

Deshalb hatte er keine Angst, noch ein Stück weiterzugehen.

Quindi non aveva paura di andare un po' più avanti.

Und er betrat den makellosen Wohnzimmerboden.

E si spostò sul pavimento immacolato del soggiorno.

Doch niemand bemerkte ihn oder schenkte ihm Beachtung.

Tuttavia nessuno se ne accorse né gli prestò attenzione.

Die Familie war völlig in das Konzert vertieft.

La famiglia era completamente assorbita dal concerto.

Die Herren hingegen zogen sich zunächst zurück.

I signori, d'altro canto, inizialmente si ritirarono.

Und sie standen dicht hinter dem Notenständer der Schwester.

E si fermarono proprio dietro il leggio della sorella.

Wenn sie hingesehen hätten, hätten sie die Noten sehen können.

Se avessero guardato avrebbero potuto vedere le note musicali.

Dies hätte die Schwester natürlich beunruhigt.

Ciò, naturalmente, avrebbe turbato la sorella.

Dann blieben sie am Fenster stehen, anstatt sich hinzusetzen.

Poi si fermarono vicino alla finestra, invece di sedersi.

Mit den Händen in den Taschen redeten sie weiter.

Continuavano a parlare con le mani in tasca.

Sie blieben dort, während der Vater ängstlich zusah.

Rimasero lì mentre il padre osservava con ansia.

Man hatte den Eindruck, dass sie andere Erwartungen hatten.

Si aveva l'impressione che avessero altre aspettative.

Und es schien wirklich so, als wären sie enttäuscht gewesen.

E sembrava davvero che fossero rimasti delusi.

Es schien, als hätten sie genug von der Vorstellung.

Sembrava che ne avessero abbastanza della performance.

Sie hatten zugelassen, dass die Geige ihren Frieden störte.

Avevano permesso al violino di disturbare la loro pace.

Und sie tolerierten die Musik nur aus Höflichkeit.
E tolleravano la musica solo per cortesia.
Besonders beunruhigend war, wie sie den Rauch wegbliesen.
Il modo in cui soffiavano via il fumo era particolarmente inquietante.
Und dennoch spielte sie so wunderschön Geige.
Eppure suonava il violino in modo così meraviglioso.
Ihr Gesicht war leicht zur Seite geneigt, auf der Geige.
Il suo viso era leggermente inclinato di lato, sul violino.
Ihr Blick wanderte traurig die Notenlinien entlang.
I suoi occhi scrutavano tristemente le linee della musica.
Gregor fühlte sich ein wenig mehr ins Wohnzimmer hineingezogen.
Gregor si sentì trascinato un po' di più nel soggiorno.
Er hielt den Kopf dicht am Boden, blickte aber nach oben.
Teneva la testa vicina al terreno, ma guardava verso l'alto.
Vielleicht würde sich so der Blick seiner Schwester mit seinem treffen.
Forse in questo modo lo sguardo di sua sorella avrebbe potuto incrociare i suoi.
Kann man wirklich sagen, dass er nur ein Tier war?
Si può davvero dire che fosse solo un animale?
War er etwa ein Tier, wenn ihn Musik so fesseln konnte?
Era forse un animale se la musica riusciva a catturarlo così tanto?
Er hatte das Gefühl, ihm sei ein Weg zu unbekannter Nahrung gezeigt worden.
Aveva la sensazione che gli fosse stata indicata una via verso un nutrimento sconosciuto.
Vielleicht war dies die Nahrung, die ihm fehlte.
Forse era questo il sostentamento che gli mancava.
Er war fest entschlossen, zu seiner Schwester zu gelangen.
Era determinato a raggiungere la sorella.
Er wollte an ihrem Rock zupfen, um ihre Aufmerksamkeit zu erregen.
Voleva tirarle la gonna per attirare la sua attenzione.

Er wollte ihr eine Art Einladung signalisieren.

Voleva darle un segnale di invito.

„Komm und spiel Geige in meinem Zimmer", wollte er sagen.

"Vieni a suonare il violino nella mia stanza", avrebbe voluto dire.

Er wollte, dass sie für ihre wunderschöne Musik belohnt wird.

Voleva che venisse ricompensata per la sua meravigliosa musica.

"Niemand hier belohnt dich dafür, dass du Geige spielst."

"Nessuno qui ti premia per aver suonato il violino."

Er wollte sie nicht mehr aus seinem Zimmer lassen.

Non voleva più lasciarla uscire dalla sua stanza.

Er wollte, dass sie so lange bei ihm blieb, wie er lebte.

Voleva che lei restasse con lui per tutto il tempo della sua vita.

Zum ersten Mal hatte seine Verwandlung einen Vorteil.

Per la prima volta la sua trasformazione ebbe un effetto positivo.

Seine Missbildung würde ihm nun endlich noch von Nutzen sein.

La sua deformità gli sarebbe finalmente tornata utile.

Er wollte gleichzeitig an allen vier Türen sein.

Voleva essere presente a tutte e quattro le porte contemporaneamente.

Er wollte sie von allen Seiten anfauchen und anspucken.

Voleva sibilare e sputare contro di loro da ogni angolazione.

Seine Schwester sollte nicht gezwungen werden, bei ihm zu bleiben.

Sua sorella non dovrebbe essere costretta a stare con lui.

Er wollte, dass sie sich freiwillig dafür entschied, bei ihm zu bleiben.

Voleva che lei scegliesse volontariamente di restare con lui.

Sie wollte sich neben ihn setzen und sich zu ihm hinunterbeugen.

Lei si sarebbe seduta accanto a lui e si sarebbe chinata verso di lui.

Und er wollte ihr von der Musikschule erzählen.
E lui le avrebbe parlato della scuola di musica.
Er hatte die feste Absicht, sie auf die Akademie zu schicken.
Aveva la ferma intenzione di mandarla all'accademia.
Das hätte er allen schon letztes Weihnachten erzählt.
Ne avrebbe parlato a tutti lo scorso Natale.
War Weihnachten etwa schon wieder vorbei?
Il Natale era davvero già arrivato e passato?
Und er hätte sich von niemandem davon abbringen lassen.
E non avrebbe permesso a nessuno di dissuaderlo.
Doch dann setzte das Unglück allem ein Ende.
Ma poi lo sfortunato incidente fermò tutto.
Die Schwester wäre von ihren Gefühlen überwältigt gewesen.
La sorella sarebbe stata sopraffatta dall'emozione.
Und dann wäre Gregor bis auf ihre Schulter geklettert.
E poi Gregor si sarebbe arrampicato sulla sua spalla.
Und er hätte sie getröstet, indem er ihren Hals geküsst hätte.
E lui l'avrebbe confortata baciandole il collo.
„Herr Samsa!", rief der Mann in der Mitte dem Vater zu.
«Signor Samsa!» chiamò il padre l'uomo al centro.
Er zeigte mit dem Zeigefinger nach unten auf Gregor.
Stava indicando Gregor con l'indice.
Gregor bewegte sich langsam über den Wohnzimmerboden.
Gregor si muoveva lentamente sul pavimento del soggiorno.
Das Geigenspiel verstummte sehr schnell.
Il suono del violino tacque molto rapidamente.
Der mittlere der drei Männer lächelte seine Freunde an.
L'uomo al centro sorrise ai suoi amici.
Dann schüttelte er den Kopf und blickte zurück zu Gregor.
Poi scosse la testa e tornò a guardare Gregor.
Der Vater hätte Gregor zurück in sein Zimmer schicken können.
Il padre avrebbe potuto costringere Gregor a tornare nella sua stanza.
Das war jedoch nicht die erste Maßnahme, zu der er sich entschloss.

Ma quella non fu la prima azione che decise di intraprendere.

Er hielt es für wichtiger, die Herren zu beruhigen.

Pensò che fosse più importante calmare i signori.

Obwohl sie von Gregor eigentlich überhaupt nicht verärgert waren.

Anche se in realtà non erano affatto turbati da Gregor.

Gregor schien unterhaltsamer als das Geigenspiel.

Gregor sembrava più divertente del violino.

Er eilte mit ausgestreckten Armen auf sie zu.

Si precipitò verso di loro con le braccia tese.

Er gab sein Bestes, um ihren Blick auf Gregor zu verbergen.

Stava facendo del suo meglio per nascondere la loro visione di Gregor.

Und er versuchte, sie zur Rückkehr in ihr Zimmer zu bewegen.

E cercò di incoraggiarli a tornare nella loro stanza.

Das hat sie eher ein wenig verärgert.

Se non altro, questo li ha infastiditi un po'.

Es war aber schwer zu sagen, was genau sie störte.

Ma era difficile dire cosa esattamente li infastidisse.

Der Vater verdarb die abendliche Unterhaltung.

Il padre stava rovinando il divertimento della serata.

Aber sie hatten auch gerade erst von ihrem neuen Mitbewohner erfahren.

Ma avevano anche appena saputo del loro nuovo coinquilino.

Sie hoben die Hände, genau wie der Vater es getan hatte.

Alzarono le mani proprio come aveva fatto il padre.

Sie verlangten vom Vater eine sofortige Erklärung.

Chiesero al padre una spiegazione immediata.

Sie zupften unruhig an ihren Bärten, um eine Antwort zu bekommen.

Si tiravano irrequieti la barba in cerca di una risposta.

Und sie bewegten sich rückwärts in ihr Zimmer, aber sehr langsam.

E tornarono indietro verso la loro stanza, ma molto lentamente.

Die Unterbrechung hatte die Schwester in eine Trance versetzt.
L'interruzione aveva mandato la sorella in trance.
Sie ließ Geige und Bogen an ihrer Seite herabhängen.
Lasciò che il violino e l'archetto pendessero al suo fianco.
Und sie blickte auf die Notenblätter, als ob sie immer noch spielen würde.
E guardò lo spartito come se stesse ancora suonando.
Doch dann zog sie sich plötzlich wieder ins Zimmer zurück.
Ma poi all'improvviso si ritrasse nella stanza.
Und sie hatte nun das Gefühl, verloren zu sein, überwunden.
E ora aveva superato la sensazione di essersi persa.
Sie legte das Musikinstrument auf den Schoß ihrer Mutter.
Mise lo strumento musicale in grembo alla madre.
Die Mutter saß schwer atmend auf dem Stuhl.
La madre era seduta sulla sedia e respirava affannosamente.
Und dann musste die Schwester ins Nebenzimmer rennen.
E poi la sorella dovette correre nella stanza accanto.
Sie musste alles für die Herren vorbereiten.
Doveva preparare tutto per i signori.
Sie warf die Decken und Kissen in die Luft.
Lanciò in aria coperte e cuscini.
Und mit ihren geschickten Händen richtete sie die gesamte Bettwäsche her.
E con le sue mani esperte sistemò tutta la biancheria da letto.
Sie war schon fertig, bevor die Herren den Raum erreichten.
Aveva finito prima che i signori arrivassero nella stanza.
Und sie verschwand, bevor sie ihnen in die Quere kam.
E lei è riuscita a scappare prima di intralciarli.
Der Vater schien von seiner eigenen Sturheit beherrscht zu sein.
Il padre sembrava essere sopraffatto dalla propria testardaggine.
Und so vergaß er jeglichen Respekt, den er seinen Mietern schuldete.
E così dimenticò tutto il rispetto che doveva ai suoi inquilini.

Er drängte und drängte, bis deren Sprecher Einspruch erhob.
Ha insistito e insistito finché il loro portavoce non ha obiettato.
Als er die Tür erreichte, stampfte er wütend mit dem Fuß auf.
Quando arrivò alla porta, batté il piede con rabbia.
Und damit brachte er den Vater zum Schweigen.
E così facendo fermò il padre.
„Hiermit erkläre ich", begann er sich an seinen Vermieter zu wenden.
"Con la presente dichiaro", cominciò a dire rivolgendosi al suo padrone di casa.
Und er hob die Hand und blickte die ganze Familie an.
E alzò la mano, guardando tutta la famiglia.
„Hinsichtlich der widerlichen Zustände im Zimmer;"
"Per quanto riguarda le disgustose condizioni della stanza;"
Und er sorgte dafür, dass alle seinen Worten zuhörten.
E si assicurò che tutti ascoltassero le sue parole.
"Hiermit kündige ich meinen Auszug aus meinem Zimmer."
"Con la presente comunico che lascerò la mia stanza."
Und er unterstrich seine Aussage zusätzlich, indem er auf den Boden spuckte.
E ha ulteriormente ribadito il suo punto sputando per terra.
„Auch die Tage, die ich hier gelebt habe, werde ich nicht bezahlen."
"Non pagherò nemmeno per i giorni che ho vissuto qui."
Mit dieser Rückerstattung war er allerdings nicht ganz zufrieden.
Tuttavia, non era del tutto soddisfatto di questo rimborso.
„Und ich werde erwägen, weitere Forderungen an Sie zu stellen."
"E prenderò in considerazione la possibilità di avanzare altre richieste nei tuoi confronti."
„Glauben Sie mir, solche Forderungen lassen sich sehr leicht rechtfertigen."
"Credetemi, tali richieste saranno molto facili da giustificare."
Er schwieg und blickte den Vater direkt an.
Rimase in silenzio e guardò dritto davanti a sé il padre.

Er schien zu erwarten, dass noch etwas passieren würde.
Sembrava che si aspettasse qualcosa di più.
Tatsächlich hatten seine beiden Freunde sofort die gleiche Idee.
Infatti, i suoi due amici ebbero subito la stessa idea.
„Wir stornieren auch unsere Zimmer", sagten sie unisono.
"Anche noi cancelleremo le nostre camere", dissero all'unisono.
Dann packte er den Türgriff und schloss die Tür.
Poi afferrò la maniglia della porta e la chiuse.
Und mit einem lauten Knall schlossen sie sich in ihrem Zimmer ein.
E con un forte botto si chiusero nella loro stanza.
Der Vater taumelte mit tastenden Händen zu seinem Stuhl.
Il padre barcollò verso la sedia, brancolando.
Und er ließ sich besiegt in den Stuhl fallen.
E si lasciò cadere sulla sedia, sconfitto.
Es sah so aus, als ob er seinen üblichen Abendschlaf halten würde.
Sembrava che stesse per fare il suo solito pisolino serale.
Sein Kopf nickte jedoch fast so, als ob er nicht gestützt würde.
Ma la sua testa annuì, quasi come se non fosse sostenuta.
Und man konnte sehen, dass er überhaupt nicht schlief.
E si vedeva che non dormiva affatto.
Während all dem hatte Gregor sich nicht von der Stelle gerührt.
Durante tutto questo tempo Gregor non si era mosso dal suo posto.
Er befand sich noch immer an der Stelle, wo die Herren ihn zuerst gesehen hatten.
Si trovava ancora dove i signori lo avevano visto la prima volta.
Selbst wenn er umziehen wollte, fand er es unmöglich.
Anche se avesse voluto muoversi, gli sarebbe stato impossibile.
Entweder aus Enttäuschung oder aus Hunger.

A causa della sua delusione o della sua fame.

Er war enttäuscht über das Scheitern seines Plans.

Era deluso dal fallimento del suo piano.

Und er war geschwächt von dem anhaltenden Hunger, den er verspürte.

Ed era debole a causa della fame prolungata che provava.

Er war sich sicher, dass sich jeden Moment alle gegen ihn wenden würden.

Era sicuro che tutti gli si sarebbero rivoltati contro da un momento all'altro.

In Erwartung des unmittelbar bevorstehenden Zusammenbruchs wartete er.

Con questa aspettativa di un crollo imminente attese.

Die Geige begann vom Schoß der Mutter zu rutschen.

Il violino cominciò a scivolare dal grembo della madre.

Mit einem ohrenbetäubenden Geräusch fiel die Geige zu Boden.

Con un suono rimbombante il violino cadde a terra.

Doch selbst dieses plötzliche Krachen ließ ihn nicht erschrecken.

Ma nemmeno questo improvviso rumore di schianto lo spaventò.

„Liebe Eltern", sagte die Schwester, „so kann es nicht weitergehen."

«Cari genitori», disse la sorella, «questo non può continuare».

Und um ihrer Aussage Nachdruck zu verleihen, schlug sie mit der Hand auf den Tisch.

E sbatté la mano sul tavolo per sottolineare il suo punto.

"Ich werde den Namen meines Bruders vor diesem Monster nicht aussprechen."

"Non pronuncerò il nome di mio fratello davanti a questo mostro."

„Deshalb sage ich es so deutlich wie möglich:"

"Ecco perché lo dico nel modo più schietto possibile:"

„Uns bleibt keine andere Wahl, als dieses Tier loszuwerden."

"Non abbiamo altra scelta che sbarazzarci di questo animale."

„Wir haben unser Bestes getan, um dieses Tier zu tolerieren und zu pflegen."

"Abbiamo fatto del nostro meglio per tollerare e prenderci cura di questo animale."

„Ich glaube nicht, dass uns irgendjemand auch nur im Geringsten die Schuld geben kann."

"Non credo che nessuno possa minimamente biasimarci."

„Sie hat tausendfach Recht", stimmte der Vater zu.

"Ha mille volte ragione", concordò il padre.

Die Mutter hatte noch immer nicht wieder richtig Luft bekommen.

La madre non aveva ancora ripreso completamente fiato.

Sie begann dumpf in ihre Hand zu husten und atmete schwer.

Iniziò a tossire debolmente nella mano, respirando affannosamente.

Und in ihren Augen begann sich ein wahnsinniger Ausdruck abzuzeichnen.

E un'espressione folle cominciò a delinearsi nei suoi occhi.

Die Schwester eilte zu ihrer Mutter und hielt sich die Stirn.

La sorella corse dalla madre e le tenne la fronte.

Der Vater schien von den Worten der Schwester inspiriert zu sein.

Il padre sembrò essere ispirato dalle parole della sorella.

Und seine Gedanken schienen klarer als zuvor.

E i suoi pensieri sembravano più chiari di prima.

Er hörte auf, mit dem Kopf zu nicken, und setzte sich wieder aufrecht hin.

Smise di annuire e si raddrizzò.

Und er spielte, in tiefes Nachdenken versunken, mit der Mütze seines Dieners.

E giocherellò con il berretto del suo servitore, immerso nei suoi pensieri.

Die Teller der Mieter standen noch auf dem Tisch.

I piatti degli inquilini erano ancora sul tavolo.

Und manchmal blickte er zu dem schweigenden Gregor hinüber.

E ogni tanto guardava verso il silenzioso Gregor.

„Wir müssen versuchen, es loszuwerden", sagte die Schwester zu ihm.

«Dobbiamo cercare di sbarazzarcene», gli disse la sorella.

Die Mutter war zu sehr mit Husten beschäftigt, um zuzuhören.

La madre era troppo impegnata a tossire per ascoltare.

„Das wird euch beide umbringen, ich sehe es schon kommen."

"Vi ucciderà entrambi, lo vedo già arrivare."

„Wir können nicht alle weiterhin so hart arbeiten wie bisher."

"Non possiamo continuare a lavorare così duramente."

„Und jeden Tag müssen wir nach Hause kommen und diese Qualen erleiden."

"E ogni giorno dobbiamo tornare a casa e trovare questa tortura."

„Wir können das nicht mehr ertragen. Ich kann das nicht mehr ertragen."

"Non possiamo più sopportarlo. Io non posso sopportarlo."

In einem letzten Tränenausbruch sank sie ihrer Mutter in die Arme.

Si gettò verso la madre in un ultimo scoppio di lacrime.

Die Tränen rannen ihr über das Gesicht und auf das ihrer Mutter.

Le lacrime le rigavano il viso e finivano su quello della madre.

Und mit einer mechanischen Bewegung wischte sie sich die Tränen weg.

E si asciugò le lacrime con un movimento meccanico.

„Mein Kind", sagte der Vater mitfühlend.

«Figlio mio», disse il padre con voce compassionevole.

In seiner Stimme lag tiefes Mitgefühl und Verständnis.

Nella sua voce si percepiva profonda compassione e comprensione.

„Aber was sollen wir tun?", gestand er und gab zu, es nicht zu wissen.

"Ma cosa dovremmo fare?" confessò di non saperlo.

Die Schwester zuckte nur hilflos mit den Schultern.

La sorella si limitò ad alzare le spalle, impotente.

Und ihr anfängliches Selbstvertrauen wich erneut Tränen.

E la sua precedente sicurezza fu di nuovo sostituita dalle lacrime.

„Wenn er uns doch nur verstehen würde", sagte der Vater laut.

"Se solo ci capisse", disse il padre ad alta voce.

Und er fragte sich halb, ob Gregor es vielleicht verstanden hatte.

E si chiese se forse Gregor avesse capito.

Die Schwester schüttelte unter Tränen heftig die Hand.

La sorella si è limitata a stringerle la mano con violenza, piangendo.

Und so signalisierte sie, dass man diese Idee gar nicht erst in Erwägung ziehen sollte.

E così fece segno che non si doveva prendere in considerazione quell'idea.

„Aber wenn er uns doch nur verstehen würde", wiederholte der Vater.

"Ma se solo ci capisse", ripeté il padre.

Er schloss die Augen und dachte über die Antwort seiner Schwester nach.

Chiudendo gli occhi rifletté sulla risposta della sorella.

"Wenn er verstünde, dass eine Vereinbarung mit ihm getroffen werden könnte."

"Se capisse, si potrebbe raggiungere un accordo con lui."

„Aber unter den gegebenen Umständen…"

"Ma visto come stanno le cose..."

„Es muss weg!", rief die Schwester, „es ist der einzige Weg."

"Deve andare", gridò la sorella, "è l'unico modo."

„Du musst den Gedanken loswerden, dass es Gregor ist."

"Devi liberarti del pensiero che sia Gregor."

„Dass wir das so lange geglaubt haben, ist unser eigentliches Unglück."

"La nostra vera sfortuna è stata crederci così a lungo."

„Aber wie kann es Gregor sein?", fragte sie ihren Vater.

"Ma come può essere Gregor?" chiese al padre.

„Er wusste, dass ein solches Tier nicht mit Menschen zusammenleben kann."

"Sapeva che un simile animale non può coesistere con gli esseri umani."

„Gregor hätte uns schon längst freiwillig verlassen."

"Gregor ci avrebbe lasciato molto tempo fa, volontariamente."

„Das stimmt, dann hätten wir keinen Bruder mehr."

"È vero, allora non avremmo più nessun fratello."

„Aber wir könnten weiterleben und sein Andenken ehren."

"Ma potremmo continuare a vivere e onorare la sua memoria."

„Aber dieses Ungeheuer verfolgt uns und vertreibt unsere Pächter."

"Ma questa bestia ci insegue e scaccia i nostri inquilini."

„Es will ganz offensichtlich die ganze Wohnung in Besitz nehmen."

"Ovviamente vuole impossessarsi dell'intero appartamento."

„Dieses Biest will, dass wir auf der Straße schlafen."

"Questa bestia vuole farci dormire per strada."

"Schau, Vater", rief sie plötzlich, "er bewegt sich schon wieder!"

«Guarda, padre», gridò all'improvviso, «si sta muovendo di nuovo!»

Und sie tat etwas, das selbst Gregor nicht verstehen konnte.

E fece una cosa che nemmeno Gregor riuscì a capire.

Sie stieß sich von sich selbst ab, als wolle sie die Mutter opfern.

Si spinse via, come se stesse sacrificando la madre.

Und sie rannte hinter ihrem Vater her, um sich in Sicherheit zu bringen.

E corse dietro al padre per mettersi in salvo.

Der Vater war nur deshalb so aufgebracht, weil seine Tochter es war.

Il padre era agitato solo perché lo era sua figlia.

Doch dann stand auch er auf und hob die Arme über sie.

Ma poi anche lui si alzò e alzò le braccia verso di lei.

Gregor hatte jedoch keinerlei Absicht gehabt, irgendjemanden zu erschrecken.

Ma Gregor non aveva alcuna intenzione di spaventare nessuno.

Er hatte insbesondere nicht die Absicht, seine Schwester zu erschrecken.

In particolare, non aveva intenzione di spaventare sua sorella.

Er wollte sich gerade umdrehen und zurück in sein Zimmer gehen.

Stava solo cercando di tornare indietro verso la sua stanza.

Doch in seinem sich verschlechternden Zustand war selbst das schwierig.

Ma, viste le sue condizioni in peggioramento, anche questo era difficile.

Und er konnte seine Beine nicht mehr vollumfänglich nutzen.

E non aveva più il pieno uso di tutte le gambe.

Also benutzte er seinen Kopf, um seinen Körper anzuheben und sich umzudrehen.

Quindi usò la testa per sollevare il corpo e girarsi.

Er hielt inne und suchte in der Familie nach deren Zustimmung.

Fece una pausa e si guardò intorno in cerca dell'approvazione della famiglia.

Seine guten Absichten schienen erkannt worden zu sein.

Sembrava che le sue buone intenzioni fossero state riconosciute.

Seine Bewegung hatte sie nur kurzzeitig erschreckt.

Il suo movimento era stato per loro solo uno shock momentaneo.

Nun blickten sie ihn alle in unglücklichem Schweigen an.

Ora tutti lo guardavano in un silenzio infelice.

Die Mutter lag noch immer erschöpft im Sessel.

La madre era ancora sdraiata sulla poltrona, esausta.

Vater und Schwester saßen nebeneinander.

Il padre e la sorella erano seduti uno accanto all'altra.

»Vielleicht lassen sie mich jetzt umdrehen«, dachte Gregor.

"Forse ora mi lasceranno tornare indietro", pensò Gregor.

Und er setzte seine unbeholfene Drehbewegung fort.

E continuò a fare il suo goffo movimento di svolta.

Er konnte die gelegentlichen Atemzüge der Anstrengung nicht unterdrücken.

Non riusciva a reprimere gli occasionali sussulti dovuti allo sforzo.

Und er war gezwungen, zwischendurch ein paar Mal Pausen einzulegen.

E nel frattempo fu costretto a riposarsi un paio di volte.

Niemand drängte ihn jetzt zur Eile; es lag ganz bei ihm.

Nessuno lo costringeva più ad affrettarsi: la decisione spettava a lui.

Schließlich vollendete er die langsame und schmerzhafte Drehung.

Alla fine completò la lenta e dolorosa svolta.

Er machte sich sofort auf den Weg zurück in sein Zimmer.

Cominciò subito a camminare verso la sua stanza.

Er war erstaunt darüber, wie weit er von seinem Zimmer entfernt war.

Rimase stupito dalla distanza che lo separava dalla sua stanza.

Wie war er trotz seiner Schwäche zuvor dorthin gelangt?

Come aveva fatto, nonostante la sua debolezza, ad arrivare fin lì prima?

Er war fast denselben Weg gegangen, ohne es zu bemerken.

Aveva percorso quasi lo stesso cammino senza accorgersene.

Er konzentrierte sich jetzt nur noch darauf, so schnell wie möglich zu krabbeln.

Ora si concentrò solo sul gattonare il più velocemente possibile.

Das Ausbleiben von Kommentaren störte ihn nicht.

La mancanza di commenti da parte di nessuno non lo turbò.

Erst als er schon in der Tür war, drehte er den Kopf.

Solo quando fu già sulla porta girò la testa.

Aber er konnte sich nicht vollständig umdrehen und zurückblicken.

Ma non riuscì a girarsi per guardare indietro completamente.

Denn er spürte, wie sich sein Nacken beim Umdrehen noch mehr versteifte.

Perché sentiva il collo irrigidirsi ancora di più mentre si girava.

Doch er sah, dass sich hinter ihm ohnehin nichts verändert hatte.

Ma vide che comunque dietro di lui non era cambiato nulla.

Der einzige Unterschied war, dass seine Schwester aufgestanden war.

L'unica differenza era che sua sorella si era alzata.

Sein letzter Blick verriet ihm, dass seine Mutter eingeschlafen war.

L'ultima occhiata gli rivelò che sua madre si era addormentata.

Sobald er in seinem Zimmer war, wurde die Tür geschlossen.

Non appena fu nella sua stanza, la porta fu chiusa.

Und sobald die Tür geschlossen war, wurde der Schrank verriegelt.

E non appena la porta fu chiusa, il grassetto fu bloccato.

Gregor erschrak über das unerwartete Geräusch hinter ihm.

Gregor si spaventò per il rumore inaspettato che proveniva da dietro.

Und vor lauter Überraschung knickten seine Beine unter ihm ein.

E le sue gambe cedettero per l'improvvisa sorpresa.

Es war seine Schwester, die hinter ihm zur Tür geeilt war.

Era la sorella che si era precipitata alla porta dietro di lui.

Sie stand bereits aufrecht da und wartete auf ihn.

Lei era già lì, in piedi, e lo aspettava.

Dann machte sie einen leichten Sprung nach vorn, ohne dass Gregor es hörte.

Poi fece un balzo in avanti con leggerezza, senza che Gregor la sentisse.

"Endlich!", rief sie laut, als sie den Schlüssel umdrehte.

"Finalmente!" gridò ad alta voce, mentre girava la chiave.

„Was nun?", fragte sich Gregor, allein in der Dunkelheit.

"E adesso?" si chiese Gregor, solo al buio.

Er merkte bald, dass er sich überhaupt nicht mehr bewegen konnte.

Ben presto scoprì di non riuscire più a muoversi.

Doch seine Unbeweglichkeit überraschte ihn nicht wirklich.

Ma la sua immobilità non lo sorprese affatto.

Sich auf so dünnen Beinen fortbewegen zu können, erschien lächerlich.

Riuscire a muoversi con gambe così sottili sembrava ridicolo.

Er wusste nicht, wie ihm das jemals gelungen war.

Non sapeva come ci fosse riuscito.

Abgesehen davon fühlte er sich aber relativ wohl.

Ma a parte questo si sentiva relativamente a suo agio.

Es stimmt, dass er am ganzen Körper tiefe Schmerzen verspürte.

È vero che sentiva un dolore profondo in tutto il corpo.

Doch der Schmerz schien immer schwächer zu werden.

Ma il dolore sembrava farsi sempre più debole.

Und er hatte das Gefühl, der Schmerz würde irgendwann verschwinden.

E sentiva che alla fine il dolore sarebbe scomparso.

Er spürte den faulen Apfel in seinem Rücken kaum noch.

Ormai non sentiva quasi più la mela marcia nella schiena.

Er dachte mit Rührung und Liebe an seine Familie zurück.

Ripensò alla sua famiglia con emozione e amore.

Er spürte die Gefühle seiner Schwester noch stärker als sie selbst.

Lui percepì le emozioni della sorella ancora più di quanto avesse fatto lei.

Sie hatte Recht mit dem, was sie gesagt hatte; er musste gehen.

Aveva ragione quando aveva detto: lui doveva andarsene.

Er verbrachte einige Zeit in diesem leeren und friedlichen Zustand.

Trascorse un po' di tempo in questo stato di vuoto e pace.

Die Uhr schlug dreimal, leise, aber bestimmt.

L'orologio suonò tre volte, sommessamente ma con fermezza.

Gregor wurde sanft aus seinen Betrachtungen gerissen.
Gregor venne dolcemente strappato alle sue riflessioni.
Er beobachtete, wie das Morgenlicht langsam in sein Zimmer drang.
Osservò la luce del mattino entrare lentamente nella sua stanza.
Dann sank sein Kopf völlig nach unten, ohne dass er es wollte.
Poi la sua testa ricadde completamente, senza che lui lo volesse.
Und sein letzter Atemzug entwich schwach aus seinen Nasenlöchern.
E il suo ultimo respiro uscì debolmente dalle sue narici.

Das Dienstmädchen kam früh am Morgen in sein Zimmer.
La cameriera entrò nella sua stanza la mattina presto.
Bei ihrem üblichen kurzen Besuch fand sie nichts Ungewöhnliches vor.
Durante la sua solita breve visita non trovò nulla di insolito.
Aus Kraft und in Eile knallte sie alle Türen zu.
Per la fretta e la forza, sbatté tutte le porte.
An ruhigen Schlaf war in der gesamten Wohnung nicht zu denken.
In tutto l'appartamento non era possibile dormire sonni tranquilli.
Sie war gebeten worden, dies morgens zu vermeiden.
Le era stato chiesto di evitare di farlo la mattina seguente.
Sie glaubte, er läge absichtlich so regungslos da.
Pensava che lui fosse rimasto lì immobile di proposito.
Vielleicht wollte er ihr zeigen, dass er beleidigt war.
Forse voleva dimostrarle che era offeso.
Sie vertraute darauf, dass er über alle Arten von Intelligenz verfügte.
Lei si fidava di lui e pensava che fosse dotato di ogni sorta di intelligenza.
Sie hielt zufällig den langen Besen in der Hand.
Per caso teneva in mano la lunga scopa.

Also versuchte sie von der Tür aus, Gregor ein wenig zu kitzeln.

Così, dalla porta, cercò di fare un po' il solletico a Gregor.

Sie war etwas verärgert darüber, dass er überhaupt nicht reagierte.

Era un po' infastidita dal fatto che lui non rispondesse affatto.

Deshalb stieß sie ihn diesmal etwas energischer an.

Così questa volta lo spinse un po' più forte.

Als er keinen Widerstand leistete, sah sie genauer hin.

Quando lui non mostrò alcuna resistenza, lei lo guardò più da vicino.

Bald begriff sie, was Gregor wirklich zugestoßen war.

Ben presto capì cosa era realmente accaduto a Gregor.

Sie öffnete die Augen noch weiter und pfiff vor sich hin.

Spalancò gli occhi e fischiò tra sé.

Doch sie zögerte nicht lange, bevor sie die Tür öffnete.

Ma non perse molto tempo prima di aprire la porta.

Und sie rief mit lauter Stimme in die Dunkelheit:

E gridò a gran voce nell'oscurità:

"Komm und sieh es dir an, da liegt es, völlig tot."

"Vieni a dare un'occhiata, giace lì, completamente morto."

Die beiden Eltern saßen aufrecht in ihrem Ehebett.

I due genitori sedevano dritti nel loro letto coniugale.

Zuerst mussten sie den Lärmschock überwinden.

Per prima cosa dovettero superare lo shock del rumore.

Doch dann begannen sie langsam, ihre Botschaft zu verstehen.

Ma poi cominciarono lentamente a comprendere il suo messaggio.

Herr und Frau Samsa sprangen jeweils von ihrer Seite des Bettes.

Il signor e la signora Samsa saltarono fuori dal letto, ognuno dalla propria parte.

Herr Samsa warf sich die dicke Decke über die Schultern.

Il signor Samsa si gettò la spessa coperta sulle spalle.

Und Frau Samsa kam nur im Nachthemd heraus.

E la signora Samsa uscì indossando solo la camicia da notte.

Und so gelangten sie in Gregors Zimmer.

E fu così che entrarono nella stanza di Gregor.

Inzwischen hatte sich auch die Tür zum Wohnzimmer geöffnet.

Nel frattempo si era aperta anche la porta del soggiorno.

Grete hatte dort geschlafen, seit die Mieter eingezogen waren.

Grete dormiva lì da quando gli inquilini si erano trasferiti.

Sie war vollständig angezogen, als hätte sie überhaupt nicht geschlafen.

Era completamente vestita come se non avesse dormito affatto.

Ihr blasses Gesicht schien ebenfalls ihren Schlafmangel zu beweisen.

Anche il suo viso pallido sembrava indicare la mancanza di sonno.

„Er ist tot?", fragte Frau Samsa und blickte die Magd an.

«È morto?» chiese la signora Samsa, guardando la cameriera.

Das hätte sie selbst überprüfen können, indem sie ihn angesehen hätte.

Avrebbe potuto confermarlo guardandolo lei stessa.

„Ich glaube schon", sagte das Dienstmädchen und hob den Besen auf.

"Credo di sì", disse la cameriera, prendendo la scopa.

Und sie schob seinen Körper ein langes Stück über den Boden.

E spinse il suo corpo molto lontano sul pavimento.

Frau Samsa machte eine Bewegung, als wolle sie sie aufhalten.

La signora Samsa fece un movimento come se volesse fermarla.

Doch am Ende ließ sie das Dienstmädchen Gregor herumschieben.

Ma alla fine lasciò che la cameriera facesse scivolare Gregor in giro.

„Nun", sagte Herr Samsa, „endlich können wir Gott danken."

"Bene", disse il signor Samsa, "finalmente possiamo ringraziare Dio."

Er bekreuzigte sich; Kopf, Brust, Schultern.

Fece il segno della croce: testa, petto, spalle.

Und die drei Frauen folgten seinem religiösen Beispiel.

E le tre donne seguirono il suo esempio religioso.

Grete, die den Blick nicht von der Leiche abwandte, sagte:

Grete, che non distoglieva lo sguardo dal cadavere, disse:

„Seht nur, wie dünn er war! Er hat so lange nichts gegessen."

"Guarda com'era magro, non mangiava da tanto tempo."

„Das Futter, das ich ihm jeden Morgen hinstellte, war immer unberührt."

"Il cibo che gli lasciavo ogni mattina era sempre intatto."

Tatsächlich war Gregors Körper völlig flach und trocken.

In realtà il corpo di Gregor era completamente piatto e asciutto.

Dies war nun, da er am Boden lag, deutlicher zu erkennen.

Ora che era a terra, la cosa era ancora più evidente.

Weil sein Körper nicht mehr von seinen Beinen hochgehalten wurde.

Perché il suo corpo non era più sollevato dalle gambe.

Und weil es nichts anderes gab, was die Aussicht beeinträchtigte.

E perché non c'era nient'altro che distraesse la vista.

„Komm doch für eine Weile mit uns herein, Grete", sagte Frau Samsa.

«Vieni con noi per un po', Grete», disse la signora Samsa.

Während sie sprach, lag ein gequältes Lächeln auf ihren Lippen.

Mentre parlava, sulle sue labbra si dipinse un sorriso doloroso.

Grete folgte ihnen, blickte aber auch immer wieder zurück auf die Leiche.

Grete li seguì, ma si voltò anche lei a guardare il cadavere.

Das Dienstmädchen schloss die Tür und öffnete das Fenster ganz.

La cameriera chiuse la porta e aprì completamente la finestra.

Es war noch früh, daher wäre die Luft normalerweise kalt.

Era ancora presto, quindi l'aria normalmente sarebbe stata fredda.

Doch in der kalten Luft lag auch ein Hauch von Wärme.

Ma nell'aria fredda c'era anche un misto di calore.

Wie eine sanfte Erinnerung daran, dass es nun Ende März war.

Come un dolce promemoria che ormai è la fine di marzo.

Die drei Mieter verließen nun ebenfalls ihr Zimmer.

Anche i tre inquilini uscirono dalla loro stanza.

Sie schauten sich staunend nach ihrem Frühstück um.

Si guardarono intorno stupiti in cerca della loro colazione.

Das Frühstück wurde vergessen, wegen dem, was das Dienstmädchen gefunden hatte.

La colazione fu dimenticata a causa di ciò che trovò la cameriera.

„Wo gibt es Frühstück?", grummelte der mittlere Herr.

"Dov'è la colazione?" borbottò il signore di mezzo.

Das Dienstmädchen legte den Finger an den Mund, um Ruhe zu gebieten.

La cameriera si mise un dito sulla bocca per intimare il silenzio.

Und sie winkte den Herren hastig und stumm zu.

E fece un cenno rapido e silenzioso ai signori.

Das Dienstmädchen geleitete die drei Herren in den Raum.

La cameriera accompagnò i tre signori nella stanza.

Und sie erklärte ihnen weiterhin, was geschehen war.

E continuò a spiegare loro cosa era successo.

Und die drei Herren standen um Gregors Leichnam herum.

E i tre signori si schierarono attorno al cadavere di Gregor.

Mit den Händen in den Taschen blickten sie nach unten.

Con le mani in tasca guardarono in basso.

Das Morgenlicht hatte den Raum nun vollständig durchflutet.

La luce del mattino aveva ormai inondato completamente la stanza.

Dann öffnete sich die Schlafzimmertür und Herr Samsa
erschien.
Poi la porta della camera da letto si aprì e apparve il signor
Samsa.
**Auf der einen Seite saß seine Frau, auf der anderen seine
Tochter.**
Da una parte c'era sua moglie, dall'altra sua figlia.
Herr Samsa trug inzwischen bereits seine Uniform.
Il signor Samsa indossava già la sua uniforme.
Man konnte sehen, dass sie alle ein bisschen geweint hatten.
Si vedeva che tutti avevano pianto un po'.
Grete drückte ihr Gesicht an den Arm ihres Vaters.
Grete premette il viso contro il braccio del padre.
„Verlassen Sie sofort meine Wohnung!", befahl Herr Samsa.
«Lasciate subito il mio appartamento!» ordinò il signor Samsa.
Und er deutete auf die Tür, ohne die Frauen gehen zu lassen.
E indicò la porta senza lasciare andare le donne.
**„Was meinen Sie damit?", fragte der Mittelsmann
verunsichert.**
"Cosa intendi?" chiese l'intermediario, sconcertato.
**Und er gab sich alle Mühe, Herrn Samsa freundlich
anzulächeln.**
E fece del suo meglio per sorridere dolcemente al signor
Samsa.
Die anderen beiden hielten ihre Hände hinter dem Rücken.
Gli altri due tenevano le mani dietro la schiena.
Und sie rieben sich erwartungsvoll die Hände.
E si fregarono le mani nell'attesa.
Offenbar erwarteten sie einen lauten Streit.
Sembrava che si aspettassero una lite rumorosa.
**Aber sie schienen sich auf die bevorstehende
Auseinandersetzung zu freuen.**
Ma sembravano contenti della discussione imminente.
Sie dachten, der Streit würde zu ihren Gunsten ausgehen.
Pensavano che la disputa sarebbe stata a loro favore.
**„Ich meine genau das, was ich eben gesagt habe", antwortete
Herr Samsa.**

"Intendo esattamente quello che ho appena detto", rispose il signor Samsa.

Er ging mit seinen beiden Begleitern in einer geraden Linie.
Camminava in linea retta con i suoi due compagni.

Und Herr Samsa ging direkt auf ihren Anführer zu.
E il signor Samsa si rivolse direttamente al loro capo.

Der Herr blieb zunächst stehen und blickte zu Boden.
Il signore rimase inizialmente immobile, guardando a terra.

Die Gedanken in seinem Kopf waren noch im Wandel.
I contenuti della sua testa si stavano ancora organizzando.

"Gut, dann gehen wir", sagte er und blickte zu Herrn Samsa auf.
"Bene, andiamo", disse, e alzò lo sguardo verso il signor Samsa.

Eine neue Demut schien ihn plötzlich ergriffen zu haben.
Una nuova umiltà sembrò improvvisamente prenderlo.

Und er schien um Erlaubnis für diese Entscheidung zu bitten.
E sembrava che stesse chiedendo il permesso per questa decisione.

Herr Samsa öffnete die Augen weit und nickte leicht.
Il signor Samsa spalancò gli occhi e annuì leggermente.

Die Herren folgten seinem Befehl unverzüglich.
I signori obbedirono immediatamente al suo ordine.

Und sie machten tatsächlich große Schritte in den Flur hinein.
E fecero davvero dei passi lunghi nel corridoio.

Seine Freunde hatten bereits aufgehört, sich die Hände zu reiben.
I suoi amici avevano già smesso di strofinarsi le mani.

Sie hatten mitgehört, wie das Gespräch verlaufen war.
Avevano ascoltato come si svolgeva la conversazione.

Und nun rannten sie ihm nach, als ob sie Angst hätten.
E ora gli correvano dietro, come se avessero paura.

Es ist möglich, dass Herr Samsa sie immer noch von ihrem Anführer isoliert.
Il signor Samsa potrebbe ancora isolarli dal loro leader.

Sie zogen ihre Stöcke aus dem Stöckebehälter.

Tirarono fuori i bastoncini dal contenitore.

Und sie verbeugten sich schweigend, bevor sie die Wohnung verließen.

E si inchinarono in silenzio prima di lasciare l'appartamento.

Herr Samsa und die beiden Frauen traten aus dem Vorplatz.

Il signor Samsa e le due donne uscirono dal piazzale.

Aber eigentlich hatten sie keinen Grund, den Männern zu misstrauen.

Ma in realtà non avevano motivo di diffidare degli uomini.

Sie lehnten sich ans Geländer, um zu überprüfen, ob sie weg waren.

Si appoggiarono alla ringhiera per controllare se se ne fossero andati.

Die drei Herren kamen tatsächlich die Treppe herunter.

I tre signori stavano effettivamente scendendo le scale.

In einer bestimmten Kurve der Treppe verschwanden sie.

In una certa curva della scala scomparvero.

Und dann brachte die Treppe sie wieder in Sichtweite.

E poi la scala li riportò alla vista.

Dieses Erscheinen und Verschwinden wiederholte sich auf jeder Etage.

Questo apparire e scomparire si ripeteva a ogni piano.

Doch schließlich waren sie fast am Ziel.

Ma alla fine erano quasi arrivati in fondo.

Je weiter sie gingen, desto uninteressanter wurden sie.

Più andavano avanti, più diventavano noiosi.

Alle kehrten erleichtert ins Haus zurück.

Tutti tornarono a casa, come sollevati.

Sie beschlossen, den Tag zum Ausruhen und für einen Spaziergang zu nutzen.

Decisero di usare la giornata per riposarsi e fare una passeggiata.

Sie waren der Meinung, dass sie sich diese Auszeit von ihrer Arbeit verdient hatten.

Sentivano di meritarsi questa pausa dal lavoro.

Sie hatten diese Auszeit nicht nur verdient, sie brauchten sie auch.

Non solo meritavano questa pausa, ma ne avevano bisogno.

Sie setzten sich an den Tisch, um Entschuldigungsbriefe zu schreiben.

Si sedettero al tavolo per scrivere lettere di scuse.

Herr Samsa verfasste seinen Entschuldigungsbrief an die Geschäftsleitung.

Il signor Samsa scrisse una lettera di scuse alla sua direzione.

Frau Samsa schrieb ihren Entschuldigungsbrief an ihre Kunden.

La signora Samsa scrisse una lettera di scuse ai suoi clienti.

Und Grete schrieb ihren Entschuldigungsbrief an ihren Schulleiter.

E Grete scrisse la sua lettera di scuse al preside.

Während alle schrieben, kam das Dienstmädchen ins Zimmer.

Mentre tutti scrivevano, la cameriera entrò nella stanza.

Ihre Arbeit am Vormittag war erledigt, also ging sie nach Hause.

Aveva finito il lavoro mattutino, quindi stava tornando a casa.

Die drei Schriftsteller nickten zunächst, ohne aufzusehen.

Inizialmente i tre scrittori annuirono, senza alzare lo sguardo.

Das Dienstmädchen schien aber noch nicht gehen zu wollen.

Ma la cameriera non sembrava intenzionata ad andarsene subito.

Sie wartete einen Moment, bis die drei Schriftsteller aufblickten.

Aspettò un po', finché i tre scrittori non alzarono lo sguardo.

„Na?", fragte Herr Samsa verärgert, genau wie die anderen.

"Ebbene?" chiese il signor Samsa, arrabbiato come gli altri.

Das Dienstmädchen stand mit einem Lächeln im Gesicht in der Tür.

La cameriera era sulla soglia con un sorriso sul volto.

Sie erweckte den Eindruck, gute Neuigkeiten zu verkünden zu haben.

Dava l'impressione di avere buone notizie da comunicare.

Aber sie würde die Neuigkeit nicht preisgeben, solange sie nicht dazu aufgefordert würde.

Ma non aveva intenzione di condividere la notizia a meno che non glielo chiedessero.

Die aufrecht stehende Straußenfeder an ihrem Hut schwankte leicht.

La piuma di struzzo verticale sul suo cappello ondeggiava leggermente.

Diese Straußenfeder hatte Herrn Samsa schon immer geärgert.

Quella piuma di struzzo aveva sempre infastidito il signor Samsa.

„Also, was wollen Sie dann?", fragte Frau Samsa bestimmt.

«Allora, cosa vuoi?» chiese la signora Samsa con fermezza.

Das Dienstmädchen hatte nach wie vor großen Respekt vor Frau Samsa.

La cameriera nutriva ancora molto rispetto per la signora Samsa.

„Ja", antwortete sie und lachte freundlich auf.

"Sì", rispose lei, e scoppiò in una risata amichevole.

Einen Moment lang unterbrach sie ihr Lachen und sie verstummte.

Per un attimo la risata le impedì di parlare.

„Um das Ding nebenan brauchst du dir keine Sorgen zu machen."

"Non devi preoccuparti di quella cosa lì accanto."

„Ich habe bereits dafür gesorgt, wie wir es loswerden."

"Ho già deciso come liberarcene."

Frau Samsa und Grete schrieben ihre Briefe weiter.

La signora Samsa e Grete continuarono a scrivere le loro lettere.

Herr Samsa bemerkte jedoch, dass das Dienstmädchen noch nicht fertig war.

Ma il signor Samsa notò che la cameriera non aveva ancora finito.

Nun wollte sie alles genauer beschreiben.

Ora voleva descrivere tutto più dettagliatamente.

Doch er streckte die Hand aus, um ihre Annäherungsversuche zurückzuweisen.

Ma lui allungò la mano per respingere i suoi tentativi.

Sie erkannte, dass sie an ihren Plänen kein Interesse hatten.

Si rese conto che non erano interessati ai suoi piani.

Und dann erinnerte sie sich an die große Eile, in der sie gewesen war.

E poi si ricordò della gran fretta che aveva avuto.

„Dann tschüss", sagte sie, sichtlich beleidigt über das mangelnde Interesse.

"Ciao allora", disse, offesa dalla mancanza di interesse.

Bevor sie ging, knallte sie die Tür jedoch mit einem lauten Knall zu.

Ma prima di andarsene sbatté la porta con violenza.

„Sie wird heute Abend entlassen", sagte Herr Samsa.

«Verrà licenziata stasera», ha detto il signor Samsa.

Seine Frau und seine Tochter hatten jedoch keine Zeit, ihm zu antworten.

Ma sua moglie e sua figlia erano troppo impegnate per rispondergli.

Weil das Dienstmädchen ihren gerade erst gewonnenen Frieden gestört hatte.

Perché la cameriera aveva turbato la loro pace appena ritrovata.

Die Mutter und die Tochter standen auf und gingen zum Fenster.

La madre e la figlia si alzarono per andare alla finestra.

Und so blieben sie mit den Armen umeinander liegen.

E restarono lì abbracciati.

Herr Samsa drehte sich in seinem Stuhl um, um sie anzusehen.

Il signor Samsa si girò sulla sedia per guardarli.

Und eine Weile lang beobachtete er sie schweigend, wie sie dort standen.

E per un po' li osservò in silenzio, fermi lì.

Schließlich rief er ihnen zu: „Willst du zu mir kommen?"

Infine li chiamò: "Volete venire da me?"

„Vergessen wir doch einfach all den alten Kram."

"Dimentichiamoci di tutte quelle vecchie cose, va bene?"

"Komm her und schenk mir ein wenig deiner Aufmerksamkeit."

"Vieni da me e dedicami un po' della tua attenzione."

Die beiden Frauen taten, wie er gesagt hatte, und eilten zu ihm hinüber.

Le due donne fecero come lui aveva detto e corsero verso di lui.

Sie umarmten ihn herzlich und küssten ihn.

Lo abbracciarono affettuosamente e lo baciarono.

Sie kehrten schnell zurück, um ihre Briefe fertig zu schreiben.

Tornarono subito indietro per finire di scrivere le loro lettere.

Dann verließen alle drei gemeinsam die Wohnung.

Poi tutti e tre lasciarono l'appartamento insieme.

Sie waren seit Monaten nicht mehr zusammen aus dem Haus gegangen.

Erano mesi che non uscivano di casa insieme.

Und sie fuhren mit der Straßenbahn an den Stadtrand.

E presero il tram fino alla periferia della città.

Sie hatten den gesamten Waggon der Straßenbahn für sich allein.

Avevano l'intera carrozza del tram tutta per loro.

Von draußen strömte Sonnenschein durch das Fenster.

La luce del sole entrava a fiotti dalla finestra esterna.

Die Familie lehnte sich bequem in ihren Sitzen zurück.

La famiglia si appoggiò comodamente allo schienale dei sedili.

Und sie besprachen die Aussichten für ihre Zukunft.

E hanno discusso delle prospettive per il loro futuro.

Bei näherer Betrachtung waren ihre Aussichten gar nicht so schlecht.

A un esame più attento, le loro prospettive non erano male.

Alle drei hatten Jobs mit dem Potenzial, mehr zu verdienen.

Tutti e tre avevano lavori che avrebbero potuto far guadagnare di più.

Sie hatten einander nie nach ihrer Arbeit gefragt.
Non si erano mai chiesti a vicenda del loro lavoro.
Doch nun hatten sie endlich Zeit, solche Dinge zu besprechen.
Ma ora finalmente avevano il tempo di discutere di queste cose.
Sie hatten auch die Möglichkeit, in eine kleinere Wohnung umzuziehen.
Avevano anche la possibilità di trasferirsi in un appartamento più piccolo.
Dies hätte den größten Einfluss auf ihr Leben.
Ciò avrebbe avuto il massimo impatto sulle loro vite.
Ihre jetzige Wohnung hatte Gregor ausgesucht.
Il loro appartamento attuale era stato scelto da Gregor.
Aber jetzt könnten sie in eine günstigere Gegend ziehen.
Ma ora potrebbero trasferirsi in un posto più conveniente.
Eine kleinere Wohnung, aber eine praktischere.
Un appartamento più piccolo, ma più pratico.
Das Gespräch über die Zukunft machte Grete wieder lebendiger.
Parlare del futuro rese Grete di nuovo più vivace.
Herr und Frau Samsa bemerkten auch andere Veränderungen an ihr.
Il signor e la signora Samsa notarono in lei anche altri cambiamenti.
Ihre Wangen waren vor lauter Sorgen ganz blass geworden.
Le sue guance erano diventate pallide a causa di tutte le preoccupazioni.
Doch ihre Tochter entwickelte sich inzwischen zu einer feinen jungen Dame.
Ma ora la loro figlia stava sbocciando e diventando una bella signora.
Sie war mittlerweile wirklich eine wohlproportionierte und hübsche junge Frau.
Ora era davvero una bella e robusta ragazza.
Ihre Eltern wurden still und bewunderten ihre Tochter.
I suoi genitori rimasero in silenzio e ammirarono la figlia.

Sie wechselten Blicke und kommunizierten unbewusst.

Si scambiarono occhiate, comunicando inconsciamente.

„Es wird bald an der Zeit sein, einen guten Mann für sie zu finden."

"Presto arriverà il momento di trovarle un brav'uomo."

Die Straßenbahn hatte ihr Ziel erreicht und bremste ab.

Il tram era giunto a destinazione e aveva rallentato.

Ihre Tochter schien ihre neuen Träume zu bestätigen.

La loro figlia sembrava confermare i loro nuovi sogni.

Sie war die Erste, die aufstand und ihren jungen Körper streckte.

Fu la prima ad alzarsi e ad allungare il suo giovane corpo.

www.ingramcontent.com/pod-product-compliance
Lightning Source LLC
Chambersburg PA
CBHW011038190726
48290CB00011B/2913